KB044273

마흔 살의 책읽기

마흔 살의 책읽기

삶의 두 번째 여행을 위해
준비해야 하는 것들

유인창 지음

바다출판사

제2차 세계대전 때 아우슈비츠에 끌려갔던 빅터 프랭클은 수용소에서의 자전적 이야기를 담은《죽음의 수용소에서》란 책을 썼다. 그는 어떤 상황에서도 삶이 잠재적인 의미를 지니고 있다는 것을 알려주기 위해 책을 썼다고 한다. 세계적 베스트셀러가 된 책에서 그는 수용소 네 곳을 거치면서 체험한 극한의 삶 속에서 느낀 것들을 들려준다.

강제수용소에 있던 대부분의 사람들은 무언가를 성취할 수 있는 인생의 진정한 기회는 자기들에게 다시 오지 않을 것이라고 믿었다. 그러나 실제는 그렇지 않았다. 그곳에도 기회가 있고, 도전이 있었다.

삶의 지침을 돌려놓았던 그런 경험의 승리를 정신적인 승리로 만들 수도 있었고, 그와는 반대로 그런 도전을 무시하고, 다른 대부분의 수감자들처럼 무의미하게 보낼 수도 있었다. 《죽음의 수용소에서》

빅터 프랭클은 인간에게서 모든 것을 빼앗아 갈 수 있어도 단 한 가지, 주어진 환경에서 자신의 태도를 결정하고 자기 자신의 삶을 선택할 수 있는 자유만은 빼앗아 갈 수 없다고 말한다. 살아남을 가능성이 거의 없는 공포의 수용소, 그곳에서도 선택에 따라 삶의 모습이 바뀌었다고 그는 말한다.

자라면서 한때 '우리는 민족중흥의 역사를 띠고 이 땅에 태어난' 줄로 알았던 적이 있었다. 자라고 보니 사실은 민족중흥보다는 밥벌이의 역사적 사명을 띠고 태어났다는 걸 알 수 있었다. 살아 있는 동안 할 일은 오직 밥벌이와 돈벌이가 전부인 것처럼 보였다.

먹고 살아야 한다는 밥벌이는 절대적 명제가 되었고, 남들보다 잘 살아야 한다는 역사적 사명으로 품위 있게 치장한 돈벌이는 모든 것을 쓸어 담는 절대적 힘의 우상이 되었다. 절대적 우상에게는 무릎을 꿇고 복종하는 게 예의일 터. 모든 이들은 그 앞에 무릎을 꿇었다. 밥벌이라는 절대적 권력자는 두 팔을 크게 벌려 우리를 끌어안았다. 포옹은 따뜻하고 편안했다. 그러나 어느 순간 우리를 끌어안은 그 팔은 수용소의 철망으로 변했다. 탈출은 절대 불가능했다.

빅터 프랭클은 아우슈비츠에도 선택의 자유가 있다고 했으나 밥벌이의 수용소에는 그런 자유도 없어 보였다. 밥벌이가 아무리 고단한들 아우슈비츠처럼 극단적이지는 않을 것이다. 그러나 그 안에 갇힌 이들은 스스로 극단적으로 살아간다.

한번 풀어 보라며 누군가 이런 문제를 냈다. 직장인이, 남편이, 아버지가 아니라면 당신은 누구인가? 자신이 살아 있다고 생각한다면 어디서 그걸 느끼는가? 자신을 이끌어 가는 욕망은 무엇인가?

먹고 사는 것도 벅찬 마당에 이런 문제까지 풀어야 한다는 건 머리 아픈 일이다. 좋은 대학을 가기 위해 꼭 풀어야 할 문제도 아니니 굳이 답을 할 필요는 없다. 더구나 밥벌이에 쫓기는 마흔의 삶은 이런 질문에 대답할 여유도 이유도 없다. 무엇보다 답이 무언지 알지를 못한다. 수많은 시험문제를 풀면서 살아 왔지만 자신의 문제에는 질문을 던져 본 적도, 답을 구해 본 적도 없기 때문이다. 그저 숨을 쉬고 밥을 먹고 돈을 벌며 살았다. 그것뿐이었다. 밥 먹은 힘으로 돈을 벌고, 번 돈으로 또 밥을 먹었다. 그리고 또 한 가지, 세월도 먹어치웠다. 문제를 풀고 싶지는 않았지만 답은 궁금했다. 정답지가 있다면 몰래 들여다보고 싶었다.

시험에서 고득점을 보장한다는 학원에서도 가르치지 않는 문제 풀이는 책에서 답을 찾아야 했다. 돈 버는 방법 외에는 아무것도 묻지 않고 아무것도 대답하지 않는 시대. 그래도 책은 어딘가에 문제에 대한 답을 숨기고 있을지 모른다고 생각했다. 그동안 우리를 키운 것이, 수많은 문제들의 답을 가르쳐준 것이 책이었듯이 삶의 문제도 책에 답이 있으리라고 여겼다.

책이 답을 줄 수 있을지는 몰라도 삶을 바꿔 주지는 못할 것이다. 돈을 주지도 밥을 주지도 않을 것이다. 그러나 앞서 걸어간 누군가는 책 속에 흔적을 남겨 놓았다. 알지 못하는 곳으로 가는 방법을 알려주었다. 그들이 만들어 놓은 흔적은 좁디좁은 오솔길로 남아 있기도 했고 탄탄대로로 남아 있기도 했다. 먼저 살았던, 먼저 길을 간 그들은 자신만의 목소리로 이야기를 들려주었다. 누군가는 우렁우렁 큰 목소리로, 누군가는 조용조용한 목소리로 자신들의 이야기를 해주었다.

밥벌이의 삶이 끝난다 해도 불행인지 다행인지 삶은 거기서 끝나지 않는다. 그 시점에서 차라리 몸과 마음이 산산이 부서지고 모든 게 끝나 버린다면 고민도 없겠지만 거기서 삶은 또 시작된다. 몸은 낡고 마음은 병들어 심신이 흔들거리는 순간에 또 다른 삶을 살아야 한다는 건 축복인지 재앙인지 분간하기조차 힘들다.

지은 지 몇 십 년이 지나 낡은 건물은 리모델링이라는 과정을 거쳐 새로운 건물이 된다. 틀은 그대로이지만 완전히 새로운 모습으로 다시 태어난다. 삶에도 리모델링이 있다면 삶 역시 다시 태어날 수 있을 것이다. 그리고 그 시점은 마흔의 삶을 살아가는 그 시간의 어느 한 지점이 적절할 것이다. 밥벌이에 매몰되고 몸과 마음이 서서히 무너져 내리는 마흔의 그때, 그 모습 그대로 쓸려 간다면 삶은 그렇게 조금씩 부서져 버릴지도 모를 일이다.

늦었다고 생각할 때가 가장 이르다는 말에 위로를 받고 싶은 생각은 없다. 그 말보다는《월든》을 쓴 헨리 데이비드 소로우의 말에 기대를 걸고 싶다.

> 얼마나 많은 사람들이 한 권의 책을 읽고 자기 인생의 새로운 기원을 마련했던가. 우리의 기적들을 설명해 주고 새로운 기적들을 계시해 줄 책이 어쩌면 우리를 위하여 존재할 가능성은 크다. 《월든》

차 례

참을 수 없는
존재의 무거움

마흔의 딜레마, 뛰어내릴까 돌아설까

⋮

구본형 《익숙한 것과의 결별》

울컥, 무언가가 치밀어 오른다. 이렇게 살고 싶지 않아. 계속 이렇게 살 수는 없어. 입은 꾹 다물고 있지만 속에선 터져 나올 것처럼 자꾸 밀려 올라온다. 뜨겁고 서러운 무엇이다. 그런데 그 뜨겁고 서러운 것은 갈 곳이 없다. 몸 밖으로 터져 나와야 할 그것은 꾹 다문 입에 막혀 다시 몸속으로 돌아 들어간다. 또 한 번의 꿈틀거림이 조용히 끝난다. 그렇게 몸속에는 또 무언가가 쌓인다. 밖으로 터뜨려야 할 것들을 몸속에 쌓아 놓으니 몸은 시들어 간다. 몸이 시들어 가니 정신도 피폐해진다.

가끔은 화르륵 불이 타오른다. 불이 타오르는 순간에는 그 기운에 힘입어 절벽으로 달려간다. 숨을 헐떡이며 벼랑 끝까지 가서 아

래를 내려다본다. 까마득하다. 밑이 어디인지 보이지도 않는다. 벼
랑 위에서 깊은 숨을 내쉰다. 뛰어내릴 것인가, 돌아설 것인가.

　마흔은 변화를 강요당하는 시기다. 변화는 딜레마다. 그래서 마
흔은 딜레마의 시기다. 욕망과 현실은 항상 갈등 구조를 가지고 앞
서거니 뒤서거니 하면서 함께 간다. 욕망이 앞서 나가려 하면 현실
이 발목을 잡고 현실이 빠르게 달려가면 욕망이 멀찍이서 눈물을
흘린다.

> 속세에는 걸리는 것이 많다. 무엇 하나 마음대로 할 수 없다고 모두
> 들 불평을 한다. 결혼하기 전에는 돈이 없어 하고 싶은 것을 못한다
> 고 중얼거린다. 결혼하면 아내와 아이들 때문에 마음대로 하지 못한
> 다고 슬픈 목소리로 말한다. 아이들이 커서 곁을 떠나면, 이제 몸이
> 말을 안 듣는다고 말한다.
> 인생은 언제나 하고 싶지만 못 하는 것과, 할 수 있지만 하고 싶지 않
> 은 것으로 구성되어 있는 것처럼 보인다. 그들에게 세상은 감옥이며,
> 감옥으로부터의 탈출은 희망이 아니라 곧 죽음일 뿐이다.

　깊은 숨을 내쉬며 서 있던 벼랑 위에는 다른 사람들도 여럿이 서
성거리고 있다. 누군지 모를 그들도 벼랑 아래를 내려 보다가 슬그
머니 돌아선다. 다시 있던 자리로 돌아가는 것이다. 뛰어내리면 그
밑은 잔디밭일까, 돌밭일까. 벼랑 아래에 무엇이 있을지는 아무도

모른다. 비단처럼 부드러운 잔디밭이 몸을 받아 줄지도 모르지만, 온통 돌덩어리만 있는 자갈밭이 기다리고 있을지도 모른다. 위험 속에 몸을 던지려는 사람은 없다. 그런 불확실성 속에 뛰어드는 바보 같은 짓을 스스로 할 사람이 누군가 말이다.

그러나 누군가는 몸을 던진다. 바닥이 보이지도 않는 벼랑을 따라 떨어지다가 두터운 구름을 붙잡아 타고 가고 싶은 곳으로 몸을 옮긴다. 누군가는 벼랑 아래로 그대로 추락해 버리기도 한다. 뛰어내리는 사람들을 보면 슬그머니 몸이 앞으로 간다. 멈칫 멈칫. 그러나 몸을 던지지는 못한다.

충북 괴산에는 '여우숲'이 있다. 여우숲을 가꾸고 만들어 가는 김용규는 벼랑 아래로 몸을 던진 사람 중 하나다. 유명 금융회사와 통신회사에서 인사와 경영전략을 담당하던 그는 IMF 직후 벤처회사에서 7년 동안 CEO로 일하기도 했다. 오랜 시간을 사장으로 일하면서 그가 느낀 것은 곧 쓰러질 듯한 두려움이었다. 마치 자전거를 타는 것과 같았다. 쉬지 않고 페달을 밟지 않으면 쓰러질 수밖에 없었다. 남들이 부러워 할 사장 자리는 가시방석처럼 느껴졌다. 무엇보다 그것은 자기다운 삶이 아니었다.

마흔의 길목에서 그는 '익숙한 것들'과 결별하고 숲으로 들어갔다. 자신의 길이 아니었던 길을 버리고 다른 길을 찾아 나섰다. 서울의 집을 팔고 숲 속에 자기 손으로 오두막을 지었다. 오두막에 전기를 끌어오는 데만 2년이 걸렸다. 오두막을 짓고 소박한 학교를 열어 새로운 삶을 시작한 그는 '자신의 삶'을 행복하게 살고 있다. 양복을 입던 몸에 등산복이나 작업복을 걸치고 땀 흘리며 숲을 누비고 다니는 지금의 삶을 그는 사랑한다. 그는 벼랑에서 뛰어내리기를 두려워하지 않았고 그 용기가 지금의 행복을 가져다주었다.

변화는 누구에게나 두렵다. 불확실하고 불편하다. 반면에 익숙한 것은 편안하다. '이게 아니야' 하면서도 '그래도 이 정도면 괜찮잖아' 하며 하루를 보낸다. 어느 정도의 월급에, 어느 정도의 지위에, 어느 정도의 안락함이 있다. 어느 때쯤인가 잘리기야 하겠지만 그때까지는 이렇게 먹고 살 수 있다는 이야기니까 그때까지는 익숙한 것이 편하다. 변화를 하고 싶어도 그 편안함이 발목을 잡는다. 그래서 익숙한 것과의 결별은 마흔의 딜레마다.

나는 마흔 살이 넘어서야 비로소 나를 바꾸어 가는, 그리하여 진정한 내가 되고 싶다는 욕망을 가지게 되었다. 영리하지 못한 사람은 다른 사람이 다 깨달은 다음에야 비로소 그 뜻을 안다. 그러나 정말 바보는, 알고도 못 하는 사람들이다.

사람들은 변화를 바라면서도 두려워한다. 변화하지 않아도 될 이유를 찾으면, 위안을 받는다. 변화에는 여러 가지 저항의 패턴이 있다. 변화를 기회로 만들어가는 사람들은 언제나 성공한다. 이런 사람들의 특징은 변화 속에 자신의 몸을 담그는 것을 마다하지 않는다. 그들이라고 두렵지 않겠는가? 그러나 그들은 혼란 속에서 형태를 잡아가는 미래의 모습을 읽는다. 그러나 어떤 사람들은 변화가 온통 휩쓸고 간 뒤에도 무엇이 변했는지조차 알지 못한다.

머물 것인가, 떠날 것인가. 마흔의 딜레마는 여기서 시작한다. 머물러야 하는 현실과 떠나고 싶은 욕망의 줄다리기는 많은 경우 현실의 힘이 욕망을 이긴다. 당장의 생활이 걸려 있는 현실을 넘어서는 욕망은 드물다. 그러나 승부가 끝나도 욕망은 사라지지 않는다. 그것은 아무리 몰래 숨겨 놓아도 평생을 따라다니는 목마름이다. 그런 목마름을 모른 체하는 것은 평생을 목마르게 살다 죽어가야 한다는 말과 같다.

마흔은 변화하기에 좋은 나이다. 욕망과 목마름을 따라 떠나기에 마흔만큼 좋은 나이는 찾기 어렵다. 한 사람의 삶을 시간으로 나누어 볼 때 마흔은 거의 중간에 해당한다. 평균수명이 80세인 시대에 마흔은 삶을 이등분하는 시기가 된다. 그 이전까지의 삶은 토양을 가꾸고 세상을 경험하는 시기다. 어려서부터 학교 교육을 마칠 때까지는 학습의 시간을 보낸다. 평생을 살아가는 데 필요한 자양분을 충분히 끌어올려 몸에 채운다. 평생학습의 시대이기는 하지만 그래도 어린 시절의 배움은 뿌리와 가지를 펼쳐내는 데 필수불가결한 비료와 같다.

제도적인 배움이 어느 정도 마무리되면 사회의 구성원으로 연습을 시작한다. 취직을 하고 결혼을 한다. 돈을 벌어서 가족을 부양하는 길에 들어선다. 힘든 일이지만 세상 그 누구도 피해 갈 수 없는 일이다. 그 과정은 또한 배움의 길이기도 하다. 산다는 것의 기쁨과 슬픔과 달콤함과 쓰라림을 겪는다. 사는 방법에 대해서, 자신이 살고 있는 모습에 대해서 생각해 보게 된다.

자신이 살고 싶은 삶이 어떤 것인가 윤곽이 잡히는 게 이때쯤이다. 제도적인 교육을 마치고 세상살이의 슬픔과 기쁨을 어느 정도 겪으며 체험과 생각이 쌓이고 쌓여 자신의 철학을 만들어 준다. 그래서 마흔 즈음의 나이는 변화하기에 가장 좋은 나이가 된다. 벼랑 끝으로 달려와 뛰어내리기를 고민하는 것도 그 즈음이다. 시시때때로 울컥대는 것을 가슴속에 담아 놓고 살기에는 자신의 모습이 너무 초라해 보인다는 것을 알게 되는 때가 바로 그 즈음이다.

삶의 모습을 바꾸고 자신만의 길을 찾아 발을 옮긴다면 잊지 말아야 할 것은 시간이다. 변화의 길로 들어설 때 마흔의 10년은 절대 놓치면 안 되는 시간이다. 마흔의 10년을 흘려보내면 쉰이라는 나이에 기대어야 한다. 마흔과 쉰이라는 나이는 느낌도, 환경도, 몸도, 마음도, 하다못해 어감도 엄청난 차이가 있다. 쉰이라고 해서 변화를 꾀하지 못할 나이는 아니지만 마흔에 시작하는 발걸음과는 과정도 결과도 다르다.

마흔의 땀으로 자신의 삶을 찾으면 쉰으로 넘어가는 시기부터 그 이후 삶의 토대를 튼실하게 만들 수 있다. 쉰에 시작하는 변화는 토대가 마련되면 예순이라는 나이로 달려간다. 시작하는 시간이 언제냐에 따라 누릴 수 있는 것의 종류가 달라지게 된다.

때가 되어도 진급을 못하면 소주를 들이키고 울분을 토하다가, 또 그러려니 하며 산다. 불황이 되어 어려워지면 월급을 깎고, 보너스는 반납 당하는 것을 당연한 것으로 기대하고 있는 경영주에게 발목이 잡혀 엉거주춤거리고 있다.

모두 털고 나오고 싶어도, 거리는 춥고 험하다. 그래서 한숨을 쉬며 그대로 있을 수밖에 없고, 또 미래가 보장되지 않는 일에 모든 시간을 써버리고 만다. 만일 당신이 그저 체념하고 그대로 살겠다면, 이 책은 아무런 도움이 되지 못한다.

변화는 욕망의 다른 이름이다. 변화는 불확실이나 위험으로 불리는 것이 아니다. 가슴을 태우는 현실에 불만이 치솟는 것은 다른 삶을 살고 싶다는 욕망이 있기 때문이다. 자신이 살고 싶은 대로 살겠다는 욕망은 변화를 찾아 나서게 한다.

익숙한 것과의 결별은 그래서 마흔의 딜레마가 된다. 딜레마의 밧줄을 풀고 과감하게 길을 떠나는 사람은 많지 않다. 변화는 쉽지 않은 것이다. 마흔을 살아가는 사람들 대부분은 이런 딜레마에서 시소를 타며 시간을 보낸다. 그들이 부여잡고 있는 것은 놓치면 당장의 삶이 위협받을 것 같은 '익숙한 것들'이다. 그것들이 아무리 초라하고 남루해도 손에서 놓아 버리기에는 두려움이 너무 크다.

그 '익숙한 것들'을 꼭 잡고 있는 것도, 그 손을 놓아 버리고 벼랑으로 달려가 뛰어내리는 것도 자신의 몫이다. 설사 뛰어내리지 못하고 딜레마에서 빠져나오지 못한다 해도 잊지는 말아야 한다. 나는 아직 살아 있다는 걸. 그리고 언제라도 나의 삶을 꿈꾼다는 걸.

살아 있으면서 죽은 당신

:

엘리자베스 퀴블러-로스, 데이비드 케슬러 《인생수업》

그 녀석은 동창회에 오지 못했다. 재작년에 보았으니 2년 만에 보는 셈인데도 오지 않았다. 아니 오지 못했다. 중고등학교 때 그렇게 붙어 다녔지만 학교를 졸업하고 서로 먹고살기에 바빠서 거의 얼굴을 보지 못했다. 고등학교를 졸업하고 17년 만에 연락이 닿아 그제서야 얼굴을 볼 수 있었다. 그렇게 본 것도 친구들과 함께 어울린 몇 시간뿐이었다. 그 이후 다시 몇 년 동안 얼굴을 볼 수 없었다. 역시 '사는 게 바빠서'라는 핑계가 앞섰다. 마흔이 넘어서야 시작된 동창회에서 얼굴을 볼 수 있었지만 동창회 자리에 빠지면 또 1년은 그냥 넘어가곤 했다. 그리고 올해, 그 녀석은 동창회에 오지 않았다. 올해뿐만이 아니고 앞으로 다시는 오지 않을 것이다. 그럴 일이 생겼기 때문이다. 그리 좋은 일이 아니었다. 세상을 떠난 것이다.

1년에 두 번씩 하는 동창회에 가면 기분이 좋다. 중고등학교를 졸업한 지 꽤 많은 시간이 지났지만 친구들을 만나면 파릇파릇하던 그 시절이 떠오르고 아직도 그때처럼 젊은 것 같은 착각에 빠지기까지 한다. 반면에 만날 때마다 얼굴에 나이 들어 가는 티가 역력한 친구들의 모습을 보면 내 모습도 저러려니 하는 생각에 기분이 좋지 않기도 하다. 친구의 얼굴이 저렇게 바뀌었으니 내 얼굴이 어떠하리라는 건 거울을 보지 않아도 저절로 그림이 그려진다.

때마다 자리를 채우고 얼굴을 내미는 친구들이 있는가 하면 동창회에 참석하지 못하는 친구들이 있다. 바빠서 또는 다른 일이 있어서 자리를 채우지 못한 게 아니라 이제 다시는 그 자리에 나오지 못할 친구들이 생기는 것이다. 일 때문에 연락을 소홀히 하거나 한두 해 걸러서 동창회에 가보면 꼭 세상을 달리한 친구의 이야기를 듣고는 한다.

이번에 동창회에 참석하지 못한 그 녀석의 소식은 이미 몇 달 전에 들었지만 그래도 막상 빈자리를 보니 새삼스럽게 착잡해졌다. 일하다 쓰러졌고 그냥 그렇게 모든 게 끝났다는 소식을 들었을 때는 어이가 없어서 허망하기까지 했다. 상가를 찾아서 절하고 밥 한 끼 먹고 술 한 잔 마시고 나니 할 수 있는 게 아무것도 없었다. 나와 그 녀석이 자리를 바꾸었더라도 똑같았을 것이다. 어느 날 갑자기 들려오는 소식들은 그렇게 마음을 흔들어 놓고 휙 지나가곤 했다.

동창회를 마치고 술도 깰 겸해서 산기슭의 작은 길을 따라 한참을 걸었다. 야트막한 산길은 걷기에 좋았다. 30분 넘게 산길을 걸어 나오며 이런저런 생각을 하다가 문득 하나의 생각이 떠올랐다.

'왜 그들이었을까?' '왜 내가 아니고 그들이었을까?'

남편이 세상을 떠난 뒤 우리가 살아온 삶을 되돌아보자 모든 것이 다르게 보였어요. 그것이 우리의 마지막 키스였고, 마지막 저녁 식사였으며, 마지막 휴가였고, 마지막 포옹이자, 마지막으로 함께 웃은 시간이었어요. 누구라도 그런 일을 겪기 전까지는 언제가 마지막 외출이 될지, 언제가 마지막 추수감사절이 될지 결코 알지 못하리라는 걸난 깨달았어요.

어려서부터 죽음의 소식은 주변에서 드물지 않게 들려왔다. 중학교 때 강에서 물놀이를 하다 빠져 죽은 아이가 있었다. 그때는 어려서 그랬는지 조심해야겠다는 것밖에는 별 생각이 없었다. 가장 가까운 곳에서 사람이 죽은 것을 본 것은 고등학교 때였다. 자전거를 타고 등교하던 친구를 버스가 들이받았고 친구는 학교에 오지 못했다. 수업을 마치고 집으로 가려고 할 즈음에 교통사고 소식이 전해졌다. 놀라기는 했지만 우리는 평소처럼 집으로 갔고 이튿날 여럿이 죽은 친구의 집으로 갔다. 허름한 시골집에 들어서니 친구의 어머니는 울고 계셨고 죽은 친구의 시신은 방에 이불로 덮여 있었다. 서로 쭈뼛거리며 방으로 들어가 마지막 얼굴을 봤다. 신작로를 따라 거의 한 시간을 걸어오면서 친구들은 말이 없었다. 그게 가장 가까이에서 처음 본 아는 사람의 죽음이었다. 그 뒤에도 죽음의 소식은 잊을 만하면 한 번씩 찾아왔다. 아직 죽음이 근처에 와 있을 나이가 아니었음에도 가끔씩 그런 소식이 들렸고, 그런 소식을 들을 때마다 놀라고 심란해졌다.

군대에서는 구타로, 사고로, 자살로 사람이 죽어 나갔다. 같은 막사에서 생활했고, 어제 같이 잠을 잤고, 같이 밥을 먹었던 사람이 오늘 사망자로 처리되었다. 그 젊은 나이에 죽음이 그렇게 가까운 곳에 있었다는 건 믿기 어려운 일이었다.

특별히 목숨을 위협할 것이 없어 보이는 사회생활에서도 죽음은 여전했다. 한 친구는 술을 먹고 넘어져서 중환자실로 바로 들어갔다. 한달 여를 중환자실에 있던 친구는 결국 운명을 달리했다. 단지 술 한 잔 마시고 넘어졌을 뿐이었는데 그는 다른 길을 갔다. 학교를 졸업하고 20년도 더 지나서 처음 만났다고 반가워하던 친구는 그 다음 주에 심근경색이 왔다. 자기가 가지고 있는 강원도 펜션에 놀러오라는 말은 유언이 되고 말았다.

나이를 생각하고 살아온 시간을 생각하면 이제 죽음은 그리 먼 곳에 있는 것이 아닐 수도 있다. 교통사고 사망률이 OECD 회원국 중 6위(2008년 미국 경제전문지 《포브스》 조사 보고서)인 나라, 40대 사망률이 세계 1위(인구 1000명당 10.7명)인 나라에서 40대라는 나이를 살고 있는 사람들로서는 하루하루가 살얼음판이기도 하다. 그런 환경을 생각해 보면 이 나이까지 살아 있다는 게 대단한 일이기도 하다.

> 예상치 못한 비극을 겪은 사람이 왜 자신만 살아남았는지 묻는 것은 충분히 이해가 가지만, 그것은 근본적으로 해답 없는 질문입니다. …(중략)… 살아남은 이들은 더 살도록 선택된 것입니다. 그러니 우리가 던져야 할 질문은 이것입니다. '만일 내가 더 살도록 선택 받았다면, 난 지금 과연 제대로 살고 있는가?'

그때 그 시점에서 세상을 떠난 게 왜 내가 아니고 그들이었을까? 그들이 아니고 나였다면 지금 내 주변은 어떻게 되었을까? 죽음은 왜 나를 선택하지 않고 피해 간 것일까? 아니, 나는 어떻게 죽음을 피한 것일까?

등하교 길에 자전거를 타는 것도, 군대에서 구타를 당하는 것도, 술을 마시고 취한 상태에서 넘어지는 것도 나에게 일어났던 일이다. 순식간에 병에 걸리는 것도, 일을 하다가 갑자기 쓰러지는 것도 나에게 일어날 수 있는 일이다. 그런데 나에게는 그런 일이 어떻게 생기지 않은 것일까? 운명일까, 재수일까?

그런 일이 생기지 않았다는 건 분명 좋은 일이고 행운이기도 하다. 그런 덕분에(?) 나는 아직 삶을 살아가고 있다. '삶을 산다'는 짧은 말에는 수없이 많은 것들이 담겨 있다. 그것은 푹 자고 일어났을 때 상쾌하게 눈을 뜨고, 뜨거운 여름날 시원하고 맛있는 냉면을 먹을 수 있으며, 퇴근해서 집에 오면 반가운 아이들의 목소리를 들을 수 있고, 오랜만에 떠난 휴가 때 산속에서 팔을 벌리고 바람을 맞을 수 있다는 것을 의미한다.

그런 것들이 가능한 절대적 전제조건은 한 가지다. 살아 있어야한다는 것이다. 나는 살아 있고 그래서 그것들을 충분히 누릴 수 있다. 그러나 나보다 먼저, 훨씬 이전에, 최근에라도 나보다 앞서서 세상을 떠난 사람들은 그것들을 누릴 수 없다. 그들은 지금 살아 있다는 단 한 가지의 전제조건을 갖추지 못했기 때문이다.

죽음을 앞둔 사람이 가르쳐 주는 가장 놀라운 배움 중 하나는 삶은 불치병 진단을 받는 순간에 끝나지 않는다는 것입니다. 바로 그때 진정한 삶이 시작됩니다. 당신은 죽음의 실체를 인정하는 순간, 삶이라는 실체도 인정해야 하기 때문입니다. 당신은 자신이 아직 살아 있고, 지금 자신의 삶을 살아야 하고, 자신에게 있는 것은 지금의 삶뿐임을 깨닫습니다. 죽음을 앞둔 사람들이 우리에게 가르쳐 주는 가장 중요한 교훈은 모든 날들을 최대한으로 살라는 것입니다.

오랜만에 만나서 맥주를 함께하고 안주는 이걸로 해야 한다고 침을 튀기던 친구는 보름 뒤에 말기암 판정을 받았다고 거짓말 같은 소식을 담담히 전해 왔다. 그로부터 딱 여섯 달을 더 살았다. 열심히 일하고 돈을 많이 벌어서 세상에 복수하듯이 살겠다던 집안 누님은 몸을 돌보지 않고 일하다 중병에 걸렸다. 그 힘든 중병을 견디어 내고 수습하는가 싶더니 한순간에 또 다른 병으로 세상을 떴다. 허망할 정도로 순식간에 벌어진 일이었다.

말기암 판정을 받은 친구는 정신이 있을 때 주변 정리를 해야 한다고 분주히 움직였다. 직장 일을 후임자에게 인계하고 자기가 관리하던 통장을 정리해서 아내에게 넘겼다. 채권채무 내역도 아내에게 알려서 깔끔하게 처리하라고 부탁했다. 그러고는 입원을 한 뒤 병원에서 나오지 못했다. 중병에 걸린 집안 누님은 병원에 누워서도 일을 챙겼다. 퇴원을 하면 아픈 몸을 끌고라도 이것과 저것을 해야 한다고 일일이 목록을 적어 놓고는 했다. 그러나 해야 한다던 일은 결국 아무것도 하지 못했다. 퇴원을 하고도 병에 시달렸고 나아지는 듯했지만 더 큰 병이 덮쳐 왔다.

마지막 삶을 정리하던 친구나 병상에서 일을 챙기던 누님이나 같은 것 한 가지가 있었다. 자신에게 그런 일이 생겼다는 게 믿기지 않는다는 표정을 얼굴에서 오랫동안 지우지 못했다. 그들은 그때 어떤 마음이었을까? 어떤 생각으로 그 힘든 시간을 맞이했을까? 무엇을 생각하면서 삶의 마지막으로 걸어갔을까?

그들의 모습을 옆에서 지켜보았으면서도 나는 그 이전과 다르지 않게 살아간다. 마치 아무것도 보지 못한 듯이, 나에게는 절대 그런 일이 생기지 않을 거라는 듯이. 황당하게 죽음을 맞이한 그들의 표정과 눈빛과 생각을 읽었으면서도 삶의 형태가 변화되지 않는 이유는 무엇일까? 자신에게 닥치지 않으면 마음으로 느끼지 못하는 게 사람이라는 동물일까?

중병에서 회복된 사람들이 자신들이 시한부 인생이었을 때 더 행복했다고 말하는 것은 이상한 일이 아닙니다. 테리가 말했듯이, 우리에게 남은 시간이 제한되어 있어서 그 시간을 정말 소중히 보내야 한다는 사실을 깨달을 때 우리는 더 행복해집니다.

사람들은 흔히 시한부 인생은 자신의 것이 아니라고 생각한다. 그러나 그것은 근거 없는 자신감이다. 날마다 발생하는 교통사고로 당장 오늘 누군가가 죽어 갔지만 그 사람은 자신이 죽음의 당사자일 것이라고 생각하지 못했을 것이다. 어느 병실에서는 누군가가 세상을 달리 했지만 그도 자신이 그 대상일 거라고는 전혀 생각하지 못했을 것이다. 누구도 예외는 아니다. 사람은 결국 시한이 명확히 정해지지 않은 시한부 인생을 살고 있는 셈이다.

사람들은 자기는 아닌 것처럼 하루하루를 살아간다. 그러나 내일 어느 차가 자신이 운전하는 차를 덮칠지, 모레 어느 의사가 자신에게 시한부 삶을 선고할지는 아무도 모른다. 그런 경우가 아니라고 해도 사람은 정해진 평균수명을 살 뿐이다. 평균수명이라는 것은 단지 기간이 '조금' 더 길 뿐인 어느 정도 시한이 가늠되는 시한부 인생이다.

의사가 오늘 당신에게 이렇게 말했다고 하자. "많이 남지 않았습니다. 30년 정도 될 겁니다." 우습게 들릴지 모른다. "30년이 무슨 시한부야"라고 말할 수 있다. 그럼 조금 줄여 보자. "시한부 삶입니다. 10년입니다." 그래도 웃음이 날까? 10년은 길지 않은 시간이다. 몇십 년을 살아본 사람들은 안다. 10년이 얼마나 짧은 시간인지, 강산도 바뀐다는 10년이라는 시간이 얼마나 빨리 지나가는지.

마흔이 넘어가면 농담처럼 말하곤 한다. 살아온 시간보다 살아갈 시간이 더 짧다고. 실제로도 그렇다. 40대는 그런 나이다. 시간이 정해진 인생, 어떤 삶의 형식을 택할지 생각해 볼 때인 것이다.

이번 생과 같은 생을 또 얻지는 못합니다. 당신은 이 생에서처럼, 이런 방식으로 이런 환경에서, 이런 부모, 아이들, 가족과 또다시 세상을 경험하지 못합니다. 당신은 결코 다시 이런 친구들을 만나지 못할 것입니다. 다시는 이번 생처럼 경이로움을 지닌 대지를 경험하지 못할 것입니다. 삶의 마지막 순간에 바다와 하늘과 별 또는 사랑하는 사람들을 마지막으로 한 번만 더 볼 수 있게 해달라고 기도하지 마십시오. 지금 그들을 보러 가십시오.

그들은, 나보다 먼저 세상을 떠난 이들은 편해졌을까? 그렇게 살기 힘들다는 이 일상으로부터 벗어나서 그들은 심신이 가벼워졌을까? 그들이 있는 곳에 가보지 않아서 뭐라고 말하지는 못하겠지만 그럴 것 같지 않다. 그들이 죽음으로 벗어던진 세상의 무거운 짐이 나의 어깨에는 여전히 걸려 있다. 그 짐이 여전히 무겁기는 하지만 나는 그 짐의 무게 때문에 이승에서의 삶이 고통스럽다고 말하고 싶지는 않다. 그 짐의 무게가 힘들어 그들이 있는 곳으로 가고 싶지도 않다. 많은 사람들이 그럴 것이다.

그들은 살고 싶었을 것이다. 더 많은 시간을 세상 속에서 살고 싶었을 것이다. 그러나 그들은 떠났고 나는 남았다. 그들이 살고 싶었던 시간들을 나는 누리고 있다. 그래서 나는 하루하루를 스스로 괴롭히며 살고 싶지 않다. 죽은 그들이 그토록 살고 싶었던 오늘 그리고 내일을 허망하게 괴로워하며 보내고 싶지 않다.

모든 것이 그러하듯 삶의 형태 역시 선택이다. 아침마다 괴로운 마음으로 잠에서 깨고, 어떤 일을 하든 괴로워하며, 날마다 불평 속에 식사를 마치고, 삶이 힘들다고 가족들과 불화를 만들며 살 수도 있다.

그렇게 날마다 스스로를 괴롭히며 산다면, 원하지 않았지만 세상을 떠난 사람들과 하나도 다르지 않다. 살아 있으면서 죽은 사람이다. 살아 있으면서 할 수 있는 것들을 스스로 하려 하지 않으니 죽은 사람과 다름없다. 지금 이 세상을 살고 있다면 이 세상을 더이상 살지 못하고 떠난 사람들이 하지 못할 것들을 하면서 살아야 한다.

언젠가 나도 당신도 내일을 그리고 모레를 살지 못하는 날이 올 것이다. 그때가 언제일지는 아무도 모른다. 우리가 가지고 있는 것은 그 순간이 올 때까지의 시간뿐이다.

이상하고 슬픈 인종, 남자

:

스티브 비덜프 《남자, 그 잃어버린 진실》

나는 잘못한 게 없다. 도대체 내가 뭘 잘못했다는 말인가. 어느 시인의 시처럼 하늘을 우러러 한 점 부끄러움이 없다고는 못하겠지만 하늘을 보고 살기가 두려울 정도로 잘못한 건 없다. 그런데 사람들은 나에게 잘못이 많다고 한다. 상식적으로 생각해 보건대 많은 사람들이 같은 말을 한다면 보편적으로 다수의 의견이 맞는 경우가 많다. 그렇다면 나는 뭔가 크게 잘못을 했다. 그런데 뭘 잘못했는지 알 수가 없다.

그런 나를 사람들은 모자란 아이 보듯 한다. 이해가 안 된다는 표정을 짓기도 한다. 정말 그렇게 모르느냐고 묻는 듯한 얼굴로 나를 보기도 한다. 그것도 모른다는, 이상한 놈도 다 있다는 듯 보기도 한다. 그들이 그렇게 보는 거야 내가 뭐라고 할 바 아니지만 도통 그 이유를 알 수 없다는 게 문제다. 그게 뭔데? 내가 잘못한 게 뭔데?

무얼 잘못했는지 모른다고 말은 하지만 그건 사실 거짓말이다. 알고 있으면서 모른 척할 뿐이다. 바보가 아닌 다음에야 그걸 모르겠는가. '정상적인 교과과정을 교과서 따라 충실히 공부해서' 대학입학시험을 보고(물론 형편없는 점수를 얻었다), '이 나라와 이 시대의 건강한 시민'으로 살아온(역시 점수가 형편없기는 마찬가지다) 사람이 어찌 시대의 흐름을 모르겠는가. 무얼 잘못했는지 모른다는 건 완전한 거짓말이다.

간단하다. 가장 큰 잘못은 돈을 벌지 못했다는 것이다. 많이 벌지 못했다는 것이다. 언제부터인가 모든 이의 인생에 가장 중요한 건 돈이 되었다. 남자도 여자도 무조건 돈을 원한다. 그것도 많이 많이 더 많이 원한다. 그런 시대에 돈을 벌지 못했다는 건 큰 죄다. 돌이킬 수 없는 죄다. 그런 상태로 나이까지 먹어서 기회마저 남겨놓지 않은 지경까지 몰고 갔다는 것은 용서받기조차 힘들다.

돈으로 끝나지 않는다. 학교 다닐 때는 공부를 잘하지 못한 게 죄였다. 학교를 마치고 나와 취직을 하니 변변치 않은 직장을 잡았다는 게 죄가 된다. 월급을 받으니 월급이 그것밖에 안 된다고 죄인처럼 취급한다. 결혼을 하니 이번에는 아내에게 그렇게밖에 못하느냐고 지청구가 들어온다. 아이가 생기니 아빠로서 아이에게 무얼 해줬느냐고 한다. 아이가 자라니 남들은 다 하는 과외는커녕 학원도 제대로 보내 주지 못한다고 한다.

다시 돌아보니 잘못한 게 한두 가지가 아니다. 잘못한 게 없다는 말은 도대체 말이 되지 않는다. 이렇게 많은 잘못을 해놓고 뻔뻔하게도 잘못이 없다고 한다면 어디선가 돌이 무더기로 날아올 판이다. 그런데 그 말을 취소하고 싶은 생각이 들지 않는다. 나는 잘못한 게 없는 것이다. 사람이 왜 그리 뻔뻔하냐고 그렇게 세상을 모르냐고 하겠지만 정말 잘못한 게 없다.

공부를 못했지만, 남들이 부러워하는 직장을 잡지 못했지만, 아내에게 잘 해주지 못했지만, 아이 학원도 제대로 보내지 못했지만, 무엇보다 가장 중요하다는 돈을 많이 벌지 못했지만, 나는 잘못한 게 없다. 그 안에서, 그 세월 속에서 나는 땀을 흘렸고 눈물도 흘렸고 노력도 했고 밤을 새워 고민도 했다. 그래서 만들어 낸 게 오늘의 모습이다. 그 모습들이 만족스럽지 못하다 해도 그것은 여태까지의 내 삶이 만들어 낸 산물이다. 그 산물을 보고 잘못됐다고 말할 수 있는 자격은 누구에게도 없다. 아무것도 모르면서, 그동안 어떤 상황에서 어떻게 노력했는지, 땀을 얼마나 흘렸는지, 얼마만큼의 눈물을 쏟았는지 모르면서, 단지 지금 가지고 있는 것이 그것뿐이라고 모욕하지 마라. 그것을 잘못이라 말하지 마라.

남자라서 그 무거운 짐을 모두 짊어져야 한다면 어쩔 수 없는 일이다. 개인의 의지나 노력과 상관없이 책임은 져야 하지 않겠느고 하면 그것도 마찬가지다. 그러나 마치 인생을 잘못 살아왔다는 듯이, 가족들에게 못할 짓이라도 시켰다는 듯이 말하지는 마라. 말 한마디에 상처받은 남자는 삶이 슬퍼진다. 삶이 슬퍼진 남자는 더 외로워진다. 그렇게 질책하지 않아도 남자는 외롭고 힘들다. 누구나 한번쯤 도망치고 싶을 정도로 짐은 무겁고 혼자서 풀기는 너무 매듭이 많다. 그렇다고 어디서 시원히 눈물을 쏟아 낼 수도, 쉬지 않고 수다를 떨 수도 없다. 그건 남자에게 너무 어울리지 않는 짓이니까. 그저 일을 하고 돈을 벌고 죽어갈 뿐, 아무것도 할 수 없는 인종. 남자라는 건 정말 이상하고 슬픈 인종이다.

좋고 싫고를 떠나서 의식하지 못하는 사이에 당신의 남성성은 당신 아버지의 남성성에 뿌리를 두고 있다. 대부분의 남자들은 자기 아버지의 태도나 말에 있어서의 매너리즘이 자신들 내부에 깊이 자리 잡고 있으면서 언제라도 뛰쳐나올 준비가 되어 있다는 사실을 깨닫고 놀란다.

나를 남자로 태어나게 만든 아버지는 항상 멀리 있었다. 언제 보아도 남 같았던 아버지는 언제까지나 그렇게 멀리 있을 줄 알았다. 갑자기 쓰러져 병석에 계시다가 고등학교 때 세상을 떠난 아버지를 다시 만난 건 나이가 한참 들어서였다. 내 밖에서 영원히 머물 줄 알았던, 그래서 꿈에서조차 거의 만나지 않았던 아버지를 마흔이 넘어서 만났다.

아버지를 다시 만난 것은 내가 이제 아버지라는 것을 느끼기 시
작하면서였다. 어느 날인가 아버지는 내 안에 들어와 있었다. 아니
들어온 게 아니라 처음부터 함께 있었다. 스스로 알지 못하고 있었
을 뿐이었다. 내가 어릴 적에 아비라는 자리의 고민을 껴안고 살았
을 아버지는 이제 세상에 없고, 세상에 남은 나는 아비가 되어 그때
의 아버지처럼 고민을 껴안고 살아간다. 단 한 가지도 가지고 싶지
않았던 아버지의 모습을 그대로 담아 놓은, 하릴없이 남자인 아버
지의 모습을 그대로 따라야 하는, 그게 남자의 시작이었나 보다.

그래서일까. 삶이 나를 속이고, 삶이 나를 지치게 할 때는 가끔
혼잣말을 한다. '아버지는 이럴 때 어떻게 하셨어요.' 그때 들려오
는 것은 아버지의 대답이 아니라 아버지의 소리 없는 눈물이었다.
누구도 대답하지 않는 질문은 메아리도 없이 허공 속으로 사라지지
만 그때마다 내가 아버지임을 깨닫고는 한다. 피할 수 없는 남자이
며 아버지인 것이다.

로버트 블라이는 "많은 남자들이 자신들이 무기력한 인간이었다는
것을 확신하면서 죽는다"고 주장한다. 그들이 그런 생각을 하게 된
것은 자신들이 사랑하는 사람들과의 관계에서 받기를 원했던 존경을
받지 못했기 때문이다. 그런데 그 사랑하는 사람들이 바로 영원한 남
성적 삶의 연결고리인 자기 아들들인 경우가 많다.

이대로 간다면 분명 그럴 것이다. 죽음이 멀지 않은 곳에서 손짓하는 때가 되어서 평생을 무기력하게 살았구나 하는 생각을 갖고 죽을지도 모른다. 그저 한 마리의 수놈으로 살다 그저 사라져 버리는 것이다. 자기 자신을 무기력한 인간으로 확신하는 남자에게 사랑하는 사람들이라고 무조건적인 존경을 줄 리는 없다. 존경은커녕 기운 떨어지는 황혼에 눈칫밥이나 먹다가 요양원으로 쫓겨날지도 모를 일이다. 온 힘을 다해 키운 아이는 나를 존경하는 아버지로 자신의 마음속에 남겨 놓을까? 그 삶의 연결고리는 내가 생각하는 것만큼 그렇게 튼튼해 보이지 않는다.

남자는 가족들을 먹여 살리기는 했지만 그것만으로는 부족했다. 자기가 맺은 관계를 유지해나가고, 자기의 삶을 살아나가기 위해서는 그 이상의 뭔가가 더 있어야 했다. '부드러운' 남자들은 이렇게 말할 수 있었다. "난 당신의 고통을 느낄 수 있을뿐더러 당신의 삶이 내 삶만큼이나 중요하다고 생각해. 난 당신을 돌보아주고 당신을 편안하게 해줄 거야." 하지만 그는 정작 자신이 뭘 원하는지는 말할 수도 없었고, 따라서 자신의 원하는 것을 따라 살 수도 없었다.

남자의 삶은 항상 부족했다. 여자의 삶이라고 차고 넘치는 것은 아니겠지만 남자는 특히 부족했다. 가족을 먹여 살리는 것, 그것 하나로 남자의 삶을 규정하는 것은 부족해도 너무 부족해 보인다. 그러나 그 무게에 짓눌려 이리 치이고 저리 치이고 허덕거리는 게 남자들의 삶이다. 선사시대 이래로 살아온 사람들 중에 누구도 먹고 산다는 것, 먹여 살린다는 것에서 자유롭게 벗어나지 못했다. 그 이상 중요한 것을 누구도 찾아내지 못했다. 먹고 산다는 것은 그런 문제이기에 그 책임을 짊어진 남자는 이렇게 말해야 했다. "당신이 내 인생보다 중요해. 당신을 편안히 살게 해줄게."

대부분의 사람들은 자신의 약속을 지키지 못한다. 먹고 사는 게 그렇게 말처럼 생각처럼 쉽다면 누가 삶에 짓눌려 하늘에 삿대질을 하겠는가. 자신의 입으로 한 약속을 충실하게 지켰다고 해도 상황은 크게 달라지지 않는다. 이리로 가든 저리로 가든 남자는 자신을 위해 무엇을 해야 하는지 모른다. 자신이 무얼 원하는지도 모른다. 원하는 것을 알게 되면 오히려 더 힘들어진다. 알고 있는 대로 살아갈 수 없기 때문이다. 그것은 남자의 잘못이 아니었다. 남자로 태어났다는 것이 잘못이었다.

직장에서 넥타이는 "기꺼이 이 불편을 감수하겠습니다" 그래서 "이 직장을 계속 다니기 위해서라면 어떤 모욕이나 굴욕도 다 참고 견디겠습니다"라고 말하는 것이다.(제 넥타이로 당신의 구두를 닦아드릴까요?) 넥타이가 무엇을 상징하는지를 아는 것은 중요하다. 그건 바로 노예의 쇠사슬이다.

한 해에 열두 번, 월말이 되면 월급봉투가 책상 위에 놓인다. 월급봉투를 볼 때마다 생각한다. 저건 희망일까, 아니면 절망일까? 행복의 동아줄일까, 아니면 온 몸을 옭아맨 가시 넝쿨일까? 돈이 모든 것을 지배하는 시대, 돈이 있으면 처녀불알도 살 수 있는 시대, 돈을 주는 사람은 주님처럼 절대자가 되어 버린 시대이다.

한 친구는 술을 마시다 말고 이런 말을 했다. "태양이 이글거리는 한여름에 상사가 '내일 눈이 올 거야'라고 말하면 무어라고 대답을 해야 할까? 아마 이렇게 답해야겠지. '네, 분명 그럴 겁니다.' 그러면 상사가 다시 말할 거야. '이 사람아, 한여름에 무슨 눈이 와, 제정신이야?' 그러면 또 이렇게 답할 거야. '그렇죠, 제가 제정신이 아닌가 봅니다.' 군대에서의 고참처럼 돈은 언제나 잘못이 없어."

무엇이 남아 있을까? 불행하게도 돈과 복종과 인내 말고 남아 있는 것은 아무것도 없다. 돈을 가지고 있는 자는 무엇이든 할 수 있고 돈을 받아야 하는 자는 무엇이든 해야 한다. 그 언젠가 처음으로 얇디얇은 노예의 쇠사슬이 감겼을 때는 쉽게 자기 손으로 끊어 낼 수 있었다. 시간이 지나면서 쇠사슬은 갈수록 많아지고 굵어지고 두꺼워졌다. 이제는 누가 감시하지 않아도 자기 손으로 쇠사슬을 풀지 않는다. 그렇게 쇠사슬에 묶여 자신의 인생이 지나간다는 것을, 조금 더 지나면 무릎에 힘이 풀리는 나이가 된다는 것을 알면서도 쇠사슬을 풀어 내지 못한다. 그렇게 시간은 빠르게 지나간다.

여기 계신 여러분 중에 키 크고, 돈 많고, 성공적인 삶을 살고 있으며, 힘 있고, 가슴에 털이 무성하고, 성기의 크기가 20센티미터나 되고, 늘씬하고, 근육질 몸매에, 늘 자기통제가 잘 되는 그런 분이 누구…… 몇 분이나 있습니까? 여기 한 분 계시네요! 여기 계신 남자들 중에 오직 한 사람!

남들은 다 그런 줄 알았다. 나 아닌 남자들은 다 그렇게 보였다. 나처럼 작아서 눈길을 끄는 게 아니라 훤칠하게 키가 커서 눈길을 끌고, 나처럼 돈이 없어서 빌빌대는 게 아니라 때마다 차를 바꾸고, 때마다 호기 있게 술을 살 수 있을 만큼 돈도 무지하게 많은 줄 알았다. 힘이 넘쳐서 며칠씩 밤샘을 해도 끄떡없고, 물건도 자랑스럽게 커서 목욕탕에서 자신 있게 배를 내밀고 다니는 것처럼 보였다. 나는 그런 몸도 돈도 물건도 없었다. 그래서 작은 차를 오래오래 끌고다녔고 술자리가 끝날 때는 신발끈을 최대한 묶고 또 묶었다. 목욕탕에 가면 자랑스럽게 내놓고 다닐 게 없어서 잔뜩 몸을 수그리고 다녔다.

어느 날인가 목욕탕에서 유심히 본 진실은 별것 아니었다. 피할 수 없는 공간에 서로 몸을 드러내고 보니 배를 내밀고 다니는 놈이나 감추고 다니는 놈이나 별 차이도 없었다. 차이가 있다면 그들은 힘껏 내밀고 다녔다는 것이고 누군가는 잔뜩 수그리고 다녔다는 것이다. 웃긴 놈들이었다. 별것도 아닌 것들이 힘만 주고 다녔다는 애

기다. 마치 자기는 대단한 거라도 있다는 듯이.

지갑에 수표 몇 장에 만 원짜리 지폐가 항상 가득했던 선배가 있었다. 어느 자리에서든 자신 있게 지갑을 꺼냈고 지갑을 열면 부러운 시선이 쏟아졌다. 집안이 만석꾼이라느니, 고향에 가면 그 집 땅을 밟지 않고는 지나가지 못한다느니 하는 이야기가 흘러 다녔다. 몇 년 뒤 그는 소리 소문도 없이 사라졌다. 은행에서 차압이 들어왔고 맞보증을 선 친구와는 서로 연체를 하는 바람에 쫓겨 다니는 신세가 됐다. 만석꾼의 아들은 순식간에 빚쟁이로 전락했다.

남자들은 알몸을 드러낼 때도 지갑을 열어 보일때도 그럴듯한 가면을 쓰고 다닌다. 가면이 벗겨진 남자의 얼굴은 누구나 비슷하다. 술자리에서 보란 듯이 지갑을 열면 다음날 아침에 주머니 속 계산서를 들여다보며 쓰린 속을 달래야 한다. 목욕탕에서는 힘껏 내밀고 다니지만 아내가 샤워하는 소리를 들으면 자는 척하다 못해 죽은 척한다. 키 크고, 돈 많고, 성공적인 삶을 살고, 힘 있고, 성기의 크기가 20센티미터나 되고, 늘씬하고, 근육질 몸매에, 늘 자기 통제가 잘 되는 그런 사람을 봤다면 당신은 외계인을 본 것이다. 그런 남자는 지구상에 없다. 그러니 안심해도 된다. 남자는 모두 같은 인종이고 같은 삶을 살아갈 뿐이다.

"당신이 인생을 살면서 가장 먼저 물어야 할 질문은 '내가 어디로 가고 있는가?' 하는 거고, 두 번째로는 '누구랑 함께 갈 것인가?' 하는 거라오. 이 두 질문의 순서를 바꾸면 결국 당신은 곤경에 빠지게 될 것이오."

　살아가면서 아무것도 묻지 않았다. '어디로 가고 있는지' 또는 '누구랑 함께 갈 것인지' 묻지 않았다. 질문의 순서가 문제가 아니라 질문 자체를 하지 않았다. 삶은 시간이 가는대로 그냥 사는 것이고 시간은 여태까지 그저 흘러왔다. 이제는 질문을 해야 한다. 어디로 가고 있는지, 누구랑 함께 갈 것인지.

　"남자들에게는 돈을 벌고, 쓰고, 좋아하지도 않는 기계속의 톱니바퀴와 같은 삶을 사는 것 그 이상의 삶이 있다"는 말을 믿고 싶다. '무기력한 인간이라는 것을 확신하면서' 남자의 삶을 마칠 수는 없는 일 아닌가.

잃어버린 얼굴을 찾아드립니다

:

헨리 데이비드 소로우 《월든》

그리스 신화에 나오는 프로크루스테스는 특이한 침대를 가지고 있다. 체격의 크기에 관계없이 누구에게나 딱 맞는 침대가 그것이다. 불가능할 것 같은 침대의 비밀은 아주 단순하다. 그리스 아티카의 강도였던 프로크루스테스는 지나가는 사람을 끌고 와서 자신이 가지고 있는 쇠침대에 눕힌다. 키가 작은 사람은 침대의 크기만큼 사지를 늘이고 키가 큰 사람은 침대에 맞게 손발을 잘라냈다. 누가 되었든지 침대에 맞지 않을 재간이 없다. 완전한 맞춤이다. 사지가 늘어난 사람이나 손발이 잘린 사람은 침대에 몸이 맞지 않는다는 이유로 죽어야 했다. 침대 크기에 딱 맞는 사람은 없었을 테니 그 침대에 눕혀진 사람은 다 죽었다. 그래서 그의 별명은 '손발을 잡아 늘이는 사람'이다.

　프로크루스테스라는 괴물은 신화 속에만 있는 이야기가 아니다. 군대에 들어가 훈련을 마치고 보급품을 지급 받을 때의 일이다. 침상에 일렬로 죽 세워 놓더니 위아래로 한 번 훑어보고 군복을 던져준다. 군화도 마찬가지. 던져진 보급품을 챙기느라 몸에 맞는지 안 맞는지 재어 보고 따져 볼 경황이 없다. 주어진 보급품을 일단 챙겨 놓는다. 양말에서 모자까지 필요한 품목을 확보하지 못하면 고난의 길이 시작된다. 일단 챙겨야 한다. 보급품을 다 지급하더니 착용을 해보고 이상이 있으면 말을 하란다. 군복을 입어 보니 윗도리 소매가 손가락까지 덮는다. 바지도 길기는 마찬가지여서 바닥에 끌리다 못해 걸을 때마다 발에 밟힌다. 군화는 발가락 앞이 몇 센티미터 정도 여유가 있을 정도로 크다. 군복도 군화도 크다고 말을 하니 남은 보급품을 대충 뒤적거린다. 돌아온 대답은 말로만 듣던 '군복과 군화에 몸을 맞춰라'였다. 부대 배치를 받은 이후에도 한참을 소매 덮은 군복을 입고 발이 신발 속에서 돌아다니는 군화를 신고 뛰어다녔다.

　프로크루스테스는 시간과 공간을 초월해서 나타난다. 군대를 제대하고 이제는 뜻대로 살아 보려나 할 즈음 취직을 했다. 취직을 하니 다시 '프로크루스테스의 침대'에 눕혀졌다. 사회와 조직은 정해진 틀을 요구했고 그 틀에 맞지 않으면 잘라내거나 틀에 맞춰야 했다. 간혹 틀을 벗어나려는 몸짓을 하면 '이상한 놈'이라는 시선으로 바라봤다. 주어진 틀을 벗어나서 나름대로의 목소리를 내면 잦은 충돌과 면박이 따라왔다.

　피곤하게 살지 않으려면 사회와 조직에서 만들어 놓은 틀에 몸을 맞춰야 했다. 세상에서 요구하는 것은 많기도 많았다. 이렇게 해라, 저렇게 해라, 이건 안 된다, 저건 된다. 자신의 목소리는 목구멍 깊은 곳에 감추어 놓고 퇴근을 한 뒤에야 끄집어냈다. 세상을 보는 자기만의 시선도 어느 정도 감추어야 했다. 반쯤 눈을 감고 나머지 절반의 시선으로 세상에 맞추어 갔다. 사회생활이 길어지면서 어느 것이 나이고 어느 것이 나를 죄어 온 틀인지 구분이 되지 않았다. 그렇게 자신과 몸을 감싼 틀의 구분이 모호해질 즈음이 되니 사회에서 자리가 잡혀 갔다. 전형적인 직장인의 모습이 되었다. 말도 생각도 복장도 행동도 '회사원'이라는 그림으로 변해 갔다.

우리는 너무나도 철저하게 현재의 생활을 신봉하고 살면서 변화의 가능성을 부인하고 있다. "이 길밖에는 다른 도리가 없어" 하고 우리는 말한다. 그러나 원의 중심에서 몇 개라도 반경을 그을 수 있듯이 길은 얼마든지 있다. 생각해 보면 모든 변화는 기적이라고 할 수 있으며, 그 기적은 시시각각으로 일어나고 있다. 공자는 "아는 것을 안다고 하고 모르는 것을 모른다고 하는 것이 곧 참되게 아는 것이다" 라고 말했다. 한 사람이 상상속의 사실을 오성悟性 속의 사실로 바꾸어 놓을 때 모든 사람들은 드디어 그 기초 위에 자기의 인생을 세울 것으로 나는 내다본다.

이제는 직장과 사회가 요구하는 침대에 누워서 스스로 발을 자른다. 아마 이 정도면 침대보다 길 거야, 발을 자른다. 아마 이런 생각은 안 될 거야, 필요하면 머리도 잘라낸다. 모자라면 늘린다. 팔한쪽이 길어지고 다리 한쪽은 짧아지는 기형이 되어도 아랑곳 않는다. '프로크루스테스의 침대'에서 생존하려면 별다른 방법이 없다. 자신의 몸과 마음을 침대에 맞추는 수밖에. 겉으로 보기에는 아무렇지도 않은 듯, 아무런 일도 없었던 듯 살아가지만 실제는 팔이나 다리가 또는 머리가 없다.

웃음도 말도 적당한 거짓과 적당한 꾸밈으로 버무려진다. 거짓 표정과 거짓 웃음이라는 가면으로 얻어내는 건 적당한 일상의 평온이다. 적당한 돈, 적당한 자리, 적당한 체면, 적당한 위치, 적당한 지위. 그것을 잃지 않으려면 틀을 벗어나기 힘들고 가면을 벗어버릴 수 없다. 가끔씩 가면을 벗어 버리고 맨얼굴을 드러내는 것은 작은 일탈일 뿐이다. 일탈은 짜릿하지만 피곤한 일상을 잠시 달래는 간식 같은 것이다. 간식만 먹고 살 수는 없는 일이니 주식이 차려져 있는 식탁으로 돌아와야 한다.

불안은 영혼을 잠식한다는 말은 정확하다. 미래와 생계에 대한 불안은 사람을 조종하는 보이지 않는 손이다. 맨얼굴을 숨기고 가면을 쓰게 한다. 밥은 불안이고 그 불안은 사람을 잠식한다. 결국 밥이 영혼을 잠식한다.

> 내가 무엇보다 소중하게 여기는 것은 얽매임이 없는 자유이고, 경제
> 적으로 풍족하지 않더라도 나는 행복하게 살아 나갈 수 있으므로 값
> 비싼 양탄자나 다른 호화 가구들, 맛있는 요리, 또는 새로운 양식의
> 고급 주택 등을 살 돈을 마련하는 데에 내 시간을 허비하고 싶지 않
> 았다.

링컨의 '마흔이 넘으면 자기 얼굴에 책임을 져야 한다'는 말은
현대에서는 효용가치가 크게 떨어질지 모른다. 자신의 얼굴을 만드
는 건 고사하고 거꾸로 자신의 얼굴을 자꾸 지워 가는 마당에 자기
얼굴에 관심이 있을 리 없다. 관심이 있다고 한들 자기의 맨얼굴을
모르니 알지도 못하는 얼굴에 책임을 지는 것도 어려운 일이다.

삶에 대한 책임을 강요하는 링컨의 말보다는, 인생은 연극이라
는 셰익스피어의 말이 더 마음에 와 닿는다. "온 세상은 무대이고
모든 여자와 남자는 배우일 뿐이다. 그들은 등장했다가 퇴장한다.
어떤 이는 일생 동안 7막에 걸쳐 여러 역을 연기한다." 셰익스피어
의 말이 진실이라면 우리는 삶의 진실에 근접해서 살고 있는 편이
다. 세상은 무대이고 우리 삶은 연극이라는 틀 안에서 썩 훌륭한 연
기를 하고 있는 것이다.

그렇게 충실한 연기를 하다 보니 삶 전체가 진짜 연극이 되어 버

린다. 셰익스피어가 말한 '여러 역할'이란 일생 동안 경험하는 여러 가지 형태의 삶을 말하는 것이지 시키는 대로 하는 무대 위의 배우 역할을 말하는 것은 아닐 것이다. 그런데 우리가 살아가는 삶은 시키는 대로 주어진 대로 표정을 짓고 말하는 단순한 배우의 역할이다. 자신의 삶은 사라지고 주어진 대본에 있는 대로만 연기를 한다. 그렇게 연기를 하다 '인생 7막'이 끝나면 무대를 내려간다. 그게 끝이다. 아무것도 없다. 평생 자신의 삶은 살아 보지 못하고 주어진 연기만 하다 인생 7막이 끝난다.

> 각개의 인간은 육체라고 불리는 신전의 건축가이다. 이 신전은 자기 나름대로의 양식에 의거해 건축되고 있으며 자기가 숭배하는 신에게 바치어진다. 이 육체 대신 대리석 신전을 지음으로써 빠져나갈 수는 없다. 우리는 무도 조각가인 동시에 화가이며, 우리 자신의 피와 살과 뼈를 작품의 재료로 쓴다. 어떤 사람의 내부의 고귀성은 즉각적으로 그의 겉모습을 정교하게 만들기 시작하며, 비열함이나 관능은 그를 짐승처럼 추하게 보이도록 한다.

맨얼굴로 살아가기는 정말 어려운 일인가. 주어진 대본과 가면이 아닌 진정한 얼굴은 어떻게 찾아낼 것인가. 잘려나간 팔과 다리를, 억지로 늘리느라 비틀어진 몸을 언제 바로 잡을 것인가. 때로는 '프로크루스테스의 침대'를 버려야 한다. 몸을 죄어 오는, 몸을 맞추기를 강요하는 침대를 박차고 일어나야 한다. 때로는 주어진 대본대로만 움직이는 무대에서 훌쩍 뛰어내려야 한다.

가면은 항상 숨이 막히게 만든다. 얼굴에 씌어 있는 가면이 어떤 것인지 항상 확인을 해서 가면의 특성에 맞게 행동을 하고 말을 해야 한다. 과장의 가면이면 과장의 행동과 말을, 부장의 가면이면 부장의 행동과 말을 해야 한다. 때때로 가면도 바뀐다. 웃는 가면을 썼다가 분노하는 가면을 써야 하고, 인자한 가면도, 불쌍한 가면도 있어야 한다. 수시로 가면으로 가려야 하는 얼굴은 정작 맨얼굴을 드러내지 못한다. 어쩌다 잠깐씩 드러나는 맨얼굴은 스스로도 낯설다. 생활을 지배하는 가면은 진실까지도 낯설게 만들어 버린다. 그렇게 가면을 뒤집어쓰고 살아가는 날이 길어진다는 것은 내 얼굴로 살아갈 수 있는 날이 짧아진다는 것과 같다.

낚시와 사냥을 가라. 날마다 멀리, 더 멀리, 또 더 멀리, 그리고 시냇가이든 난롯가이든 두려워하지 말고 쉬어라. 그대의 젊은 날에 조물주를 기억하라. 새벽이 되기 전에 근심에서 깨어나서 모험을 찾아 떠나라. 낮에는 다른 호수에 가 있도록 하라. 밤이면 뭇 장소를 그대의 집으로 삼아라. 이곳보다 더 넓은 평야는 없으며, 여기서 하는 놀이보다 더 가치 있는 것은 없다. 그대의 천성에 따라 야성적으로 자라라. 여기 있는 골풀이나 고사리처럼 말이다. 그것들은 결코 영국건초는 되지 않을 것이다. 천둥이 울리면 울리도록 내버려 두라. 그것이

농부의 수확을 망칠 우려가 있다 한들 어떻단 말인가? 그것은 그대가 상관할 바가 아니다. 사람들이 수레와 헛간으로 피할 때 그대는 구름 밑으로 피하라. 밥벌이를 그대의 직업으로 삼지 말고 도락으로 삼으라. 대지를 즐기되 소유하려 들지 말라. 진취성과 신념이 없기 때문에 사람들은 그들이 지금 있는 곳에 머무르면서 사고 팔고 농노처럼 인생을 보내는 것이다.

링컨이 말한 '스스로 얼굴을 책임지는 나이'가 되면 어딘가에 숨겨 놓은 '내 얼굴'을 찾아 나서야 한다. 가면만 쓰고 살다 연극이 끝난 뒤 남의 얼굴을 뒤집어 쓴 채 무대 뒤로 사라져야 한다면 불행한 일이다. 내 얼굴을 찾는 게 어려운 일은 아니다. 얼굴을 덮은 가면을 슬쩍 내려 놓기만 하면 된다. 가면 밑에 숨어 있던 얼굴을 드러내기만 하면 된다. 가면에 덮여 있던 맨얼굴은 햇빛을 보지 못해 낯설게 보일 수도 있다. 그런들 상관없다. 그게 내 얼굴이니까. 살짝 덮여 있는 낯섦을 걷어 내면 숨어 있는 맨얼굴이 슬그머니 드러난다. 내 얼굴이 드러나면 내 생각도 드러난다. 가면을 걷어 낸다고 무대에서 쫓겨나지는 않는다. 진실한 내 얼굴에 맞는 또 다른 역할이 기다리고 있다.

팔다리를 늘이는 침대에 누워서 '언젠가는 있던 그대로의 모습으로 몸이 되돌아가겠지' 하고 몽상만 하다가는 인생 7막이 그 상태로 끝날 가능성이 더 크다. '프로크루스테스의 침대'는 몸을 원

상태로 돌려 놓는 경우가 없다. 침대에 맞춰지지 않으면 냉정하게 처단한다. 그게 프로크루스테스의 이치다. 처단 당하지 않는 방법은 쉼 없이 침대의 크기에 몸을 맞추어 가든 스스로 침대에서 내려오는 것, 둘 중 하나뿐이다.

짐 캐리는 영화 〈마스크〉에서 자신에게 많은 힘과 능력을 주었던 마스크를 강물에 집어 던진다. 마스크가 주는 힘과 능력이 매력적이기는 하지만 자기 자신으로 살아가게 해주지는 않는 걸 알았기 때문이다. 내가 원래 가지고 있던 맨얼굴로 살아가는 무대, 그 무대에 오르고 싶다면 가면을 집어 던져야 한다. 가면을 쓰지 않는다고 삶이 피폐해지거나 초라해지지 않는다. 오히려 가면에 매달려 가는 삶이 더 초라해지기 쉽다. 서슴없이 마스크를 던져 버린 영화 속의 짐 캐리가 되지는 못할지언정, 강물에 떨어진 마스크를 향해 몸을 던지는 개가 되고 싶지는 않다.

미안해, 사실은 나 개구리였어

:

비요른 쥐프케 《남자 심리지도》

친구들이 아무도 결혼을 하지 않았을 때 한 녀석이 모임에 난데없이 여자를 데리고 나왔다. 아니 모시고 나왔다. 친구들과 있을 때는 별의별 욕에 지저분한 이야기는 도맡아서 하더니 성별이 다른 인간을 출현시키면서 아주 매너 있는 신사로 변장을 했다. 양의 탈을 쓴 늑대가 따로 없다. 결혼을 한단다.

하는 행동을 보니 어이가 없어 한숨에 콧방귀까지 나왔지만 진실을 밝혀 갈라서게 할 수도 없는 일이어서 의리상 참아 주기로 했다. 그 뒤로 결혼할 때까지 자주 그 커플을 봐야 했는데 더 가관인 일이 생겼다. 지금은 그 녀석 마누라가 된 그 여자가 더 가관으로 매달리는 거다. 그 친구 생긴 걸 뜯어 보면, 아니 뜯어 볼 것도 없고 한번 휙 보면 서른도 되기 전에 슬슬 벗어지려고 하는 앞머리에, 평균 신장에 모자라는 키, 술과 안주로 불려 놓은 볼과 배가 한눈에 들어온다. 한마디로 그 나이에는 봐주기 참 마뜩찮은 생김새다. 그런데 이 여자가 그 친구를 쳐다보는 눈빛을 보면 참 뭐라고 말로 표현하기가 힘들다. 거의 왕자를 쳐다보는 눈빛이다. 왕자도 그냥 왕자가 아니다. 하얀 백마를 타고 탄탄한 근육질 몸매에 꽃미남 같은 왕자를 보는 눈빛이다. 아무리 착각은 자유라지만 이 정도면 착각도 아니고 환각에 가깝다. 마약이라도 먹기 전에야 어떻게 저런 눈빛이 나오는지 도저히 이해할 수가 없다.

그런데 생각해 보면 남자들은 그 친구처럼 그렇게 한 번씩 왕자가 되기도 한다. 하얀 백마를 타고 온갖 그럴듯한 폼을 잡고 달려오거나, 목숨을 다해 어여쁜 공주를 보호하는 그런 왕자가 된다. 그 왕자는 특히 공주를 세상의 무엇보다도 고귀하게 모시는 그런 왕자다. 이 왕자는 주문생산이기 때문에 왕자 자신에게는 선택의 여지가 없다. 그냥 주문이 들어온 대로 몸과 마음이 만들어져야 한다. 백마를 타고, 얼굴에는 고귀한 자태가 넘치고, 체격은 날렵하고, 세련된 얼굴로 말이다. 분명히 말하건대 웬만한 사람은 다 왕자가 된다고 자신 있게 말할 수 있는 이유가 있다. 많은 게 평균에 미달되는 내 친구도 왕자노릇을 했는데 못할 사람이 누구란 말인가.

그런데 이 왕자의 특이한 점은 세상 사람들이 전혀 모른다는 것이다. 사람들은 그가 왕자라는 사실을 알지도 못하고 그가 왕자일 것이라고는 꿈에서도 상상조차 하지 못한다. 그 왕자는 또 하나 특이한 게 있는데 어떤 여자에게만 그렇게 보인다는 것이다. 그 여자는 무슨 까닭인지 그 왕자가 세상의 어떤 남자보다 멋지게 보인다. 아무리 잘생긴 할리우드 스타가 옆에 있어도 눈에 들어오지 않는다. 그래서 왕자를 생각하기만 해도 여자는 황홀하고 행복해진다. 마약에 취한 것도 아닌데 여자는 그를 왕자라고 여긴다. 그런데 그 왕자는 자신이 왕자로 보인다는 것을 모른다. 자기가 왕자가 아니라는 것을 스스로 너무나 잘 알고 있기 때문이다.

문제는 거기서 생긴다. 왕자가 아닌 남자를 왕자로 생각하는 여자와 자신이 왕자가 아니라는 것을 너무 잘 알고 있는 남자가 같이 살기 시작하면서 문제가 생겨난다.

세상이 요구하는 완벽한 남자는 강하면서도 감수성이 풍부하고 터프하면서도 섬세해야 한다. 그러니까 이런 거다. 불속에서도 끄떡없는 바위 같아야 하고, 여자가 기댈 수 있게 언제라고 어깨를 내주어야 하는 건 기본이다. 누군가에게 기대고 싶더라도 절대로 도를 넘어선 안 된다. 슬픈 영화를 보면 눈물을 흘릴 줄 알아야 하지만 여자보다 많이 흘리는 건 금물이다. 재치와 유머는 필수적으로 갖춰야 하는 소양이며, 여자가 이야기할 땐 자기 일처럼 진지하게 들어줘야 한다. 아내나 애인의 감정이 어떠한지, 그녀가 원하는 게 무엇인지 이해해야 하고, 말이 통하는 부드러운 남자가 되어야 한다. 언제든지 열린 마음으로 대화를 나눌 준비가 되어 있어야 할 뿐만 아니라, 무엇보다 스스로 그것을 원해야 한다.

원치도 않는 자리에 올라간 왕자가 그 자리를 유지하는 기간은 천차만별이다. 유효기간이 법적으로 정해져 있지 않아서 딱 잘라서 얼마라고 하기는 힘들지만 하여튼 길지는 않다. 결혼이라는 의식을 거쳐 얼마 동안 같이 밥을 먹고 같이 잠을 자고 나면 왕자는 어디론 가 사라지고 없다. 옛날이야기 속에서 산신령이 사라지듯 순식간에 사라진다. 대신에 그 자리에는 징그러운 개구리나 두꺼비가 남아 있다. 이 유효기간은 사람마다 다르겠지만 예상 외로 길지 않다는 공통점을 보인다.

남자들은 1년이나 2년 사이에 왕자에서 개구리로 추락하는 인생의 쓴맛을 본다. 그 모든 상황 속에서 왕자 자신은 아무것도 판단할 권한이나 결정권이 없다. 자신의 의지와 관계없이 누군가 자신을 구름 위에 올려 놓았다가 순식간에 땅바닥으로 패대기를 친다. 패대기 당하는 충격은 꽤나 커서 상당한 내상을 입거나 유혈사태가 벌어지기도 한다. 그런 과정을 거치고 나면 '왕자는 개뿔…… 내가 눈이 삐었지…… 내 팔자야……' 하는 소리가 귓가를 돌아다 닌다.

그런데 말이다. 이건 참 억울한 일이다. 왕자는 한순간도 왕자이고자 했던 적이 없다. 자기가 왕자라고 자기 입으로 말했던 적도 없다. 그냥 가만히 있었는데, 아니지 가만 있지는 않았다. 사실 이런저런 작업을 좀 하기는 했다. 결혼을 하기 위해서 말이다. 나이가 찼으니 결혼도 해야 했고 동물적 욕구도 충족시켜야 했다. 건강한 정신과 건강한 몸을 가진 젊은이가 동물적 욕구에 충실하려 하는 건 당연한 자연의 섭리다. 그래서 몸이 요구하는 자연의 섭리와 종족번식이라는 인간의 도리를 지키고자 작업을 하기는 좀 했다. 그게 무슨 문제인가 말이다. 문제는 우리가 의도하지 않은 곳에서 시작됐다. 왕자는 스스로 왕자라고 말한 적이 없는데 어느 여자는 왕자라고 여겼고 자기 맘대로 그렇게 만들어 버렸다. 그리고 시간이 지나니까 순식간에 애완견보다 아래 자리로 지위를 바꾸어 버렸다.

다 좋다. 그러거나 말거나 왕자도 한번 해보고 좋지 뭐. 거기까지면 좋았겠는데, 왕자를 시켜 준 걸로 끝났으면 정말 좋았겠는데, 현실은 그렇지가 않다. 여자 마음대로 왕자라는 자리에 올려 놓더니 그다음부터 그에 걸맞은 의무와 할 일까지 강제로 떠맡겼다는 것이다. 물론 그 왕자는 진짜 왕자가 아니기 때문에 맡겨진 임무를 제대로 수행할 수가 없다. 그래서 남자는 하늘에서 바닥으로 수직 낙하를 한다.

이제는 아내라는 명칭으로 옆에 있는 여자에게는 미안하지만, 그 장밋빛 기대는 도저히 채워 줄 수가 없다. 공주들의 소원을 들어 줄 만한 왕자가 애당초 아니었는데 어쩌란 말인가. 그만한 능력이 안 되는 걸 어찌한단 말인가. 젊은 시절에는 공주의 기대를 배신하지 않으려고 노력도 해보지만 나이가 들어갈수록 꿈같은 일이라는 걸 인정하게 된다. 억지로 노력하는 시늉이라도 하던 왕자는 아예 솜사탕처럼 찌그러지고 솜사탕을 주무르던 아내의 손에는 설탕부스러기만 남아 있다.

정서와 감수성이 풍부하고, 남을 배려할 줄도 알면서 조지 클루니 같은 남성적 카리스마를 가진 남자야말로 가장 이상적인, '완벽한 남자' 다. 어떤 남자인들 그런 완벽남을 갈망하지 않겠는가! 하지만 과연 현실적으로 가능한 일일까? 유명 칼럼니스트 악셀 아케의 말을 들어보자.

오랫동안 신경에 거슬리는 말이 있다. '다른 남자들!' 나는 이 말만 들으면 가까운 술집으로 달려가 술을 퍼마시고 싶은 충동을 느낀다. 다른 남자들이라니, 정말이지 지긋지긋하다. 다른 남자들은 언제나 나와 다르게 행동한다. 모든 면에서 나보다 훌륭하다. 그들은 아내나 여자친구가 스트레스를 받으면 아로마 목욕을 시켜 주고, 부탁하지 않아도 알아서 머리 마사지를 해준다. 그들은 자기 부인이 차를 한 잔 마시고 싶다는 생각이 들기도 전에 물을 끓인다. 아내가 "차 한 잔 마셔볼까?" 하는 순간 '다른 남자가 끓인 차' 는 이미 대령해 있는 것이다. 다른 남자들은 감수성도 대단히 풍부하다. 그들은 내가 미처 하지 못한 생각들을 해낸다. 잠도 자지 않고, 에너지가 고갈

되지도 않는다.

이 정도의 시점이 적당하다. 이미 서로의 정체를 속속들이 파악
은 했지만 이제라도 자백을 하고 인정을 해야 한다. 서로가 공주도
왕자도 아니었다는 걸 자백해야 한다. 그렇게 자백을 하면 왕자의
의무와 할 일에서 손쉽게 벗어날 수 있다. 처음부터 왕자가 아니었
던 인간이 왕자의 껍데기를 쓰고 살아가려니 얼마나 힘들었던가.
왕자라는 껍데기를 내던지면 그 순간부터 작은 자유가 온다. 원래
의 모습으로, 그냥 별것 아닌 한 남자의 모습으로 돌아가는 것이다.
왕자들이 한 가지 켕기는 건 혹여나 술김에라도 '왕비처럼 모실
게……' 운운하는 약속을 했을까 봐 걱정이 되기는 하지만 그것도
큰 문제는 아니다. 그럴 때는 정치인에게서 배운 기법이 유용하다.
'기억이 없습니다' 라든가 '글쎄요' 하는 애매모호한 답변이 준비
되어 있다.

그럼에도 불구하고 불온한 공주가 간혹 있다. 개뿔도 아닌 왕자
의 정체를 이미 파악했음에도 모른 척하고 여전히 왕자처럼 몰아간
다. 왕자 입장에서는 죽을 맛이다. 솔직히 자백하고 두 손 들어 항
복을 했는데 인정을 안 해주면 어쩌란 말인가. 왕자가 지쳐 쓰러지
려고 하는데도 공주의 대접을 원하는 일부 몰지각한 공주들은 각성
해야 한다.

결혼하기 전에 남편을 왕자처럼 바라보던 내 친구의 아내는 아

직도 남편이 돈을 왕창 벌어서 공주처럼 모시기를 기대하는 눈빛을 보낸단다. 잠깐 왕자 대접을 받은 대가로 그놈은 아주 긴 세월 동안 공주의 애절한 눈빛에 시달리고 있다. 그놈 말로는 가끔씩 숨이 막히기도 한단다. 그놈이야 그렇다 치고 나는 왕자였던 적이 있기는 했었나? 기억은 전혀 없는데 물어보자니 코웃음에 날려갈 거 같아서 무섭다.

경제력 역시 남성 정체성과 불가분의 관계다. 남자들은 교육비와 주택자금을 마련하기 위해 펀드와 적금을 들고, 죽은 후에도 가족들을 부양할 돈을 남겨주기 위해 보험상품 광고를 뒤적인다. 사실 예나 지금이나 남성 정체성을 결정적으로 지탱해주는 것이 바로 이 경제력이다. 예컨대 많은 남자들이 발기불능이나 조루로 괴로워하지만 그것 때문에 자살하지는 않는다. 하지만 경제력을 잃은 남성 중 상당수가 사회적으로 고립감을 느끼고 우울증에 빠지거나 자살을 시도한다. 은퇴나 실직으로 직업 전선에서 물러나는 것은 남자들에게 단순히 경제력 상실 그 이상의 의미를 갖는다. 그들에게 그것은 남성 정체성을 상실하느냐 아니냐의 문제다.

서른이 넘은 여자 조카는 우아한 백조다. 직업이 없어서 놀고 있다는 뜻의 백조를 생각하면 안 된다. 전문직이라는 소리를 듣고 큰 회사는 아니어도 그럴듯한 직장을 가지고 있다. 놀고 있는 백조가 아니라 제대로 된 조건을 갖춘 진짜 백조다. 우아한 백조까지는 좋은데 나이가 좀 있는 백조라는 게 조카의 가장 큰 고민이다. 20대 후반부터 결혼을 하겠다고 나름대로 이리 뛰고 저리 뛰고 했지만 별 소득도 없이 서른을 넘겼다. 넉살이 좋아서 주변 사람들에게 좋은 사람 소개시켜 달라고 가열찬 압력을 가하곤 하는데 막상 소개받은 사람을 만나고 오면 길게 이어지지를 못했다.

그럴 때마다 주위에서 충고와 격려가 동시에 쏟아진다. 한편에서는 '별 사람 없다. 큰 문제 없고 사람 싫지 않으면 결혼해라. 너는 별 거 있느냐'는 소리를 하고, 다른쪽에서는 '무슨 소리냐, 늦더라도 네가 원하는 사람을 만나라. 돈 많은 사람과 해라. 자상한 사람이 좋다'는 소리를 한다. 주변에서 뭐라고 하든 한 귀로 흘려듣는 조카는 보나마나 다른 기대치가 있는 게 분명하다.

조카와 결혼할 남자의 이름을 나는 알고 있는데 그의 성은 백씨이다. 이름은 마탄. 성과 이름을 합해서 '백마탄'이다. 직업도 알고 있다. 한때 많은 남자들이 가졌던 직업인데 그것은 '왕자'라는 직업이다. 조카의 결혼이 늦어지는 이유는 분명히 나왔다. 왕자를 찾는 중인데 왕자가 달려오지 않기 때문이다. 세상에 널린 게 왕자니 대충 잡아채면 될텐데 아무나 잡아채자니 마음이 흡족하지 않은 모양이다. 그 마음을 이해는 하지만 조카에게 이렇게 말해 주고 싶다.

나도 한때는 왕자였단다. 세상에 이런 왕자도 있나 싶겠지만 이런 왕자가 널렸단다. 아무리 멋진 왕자를 만난다고 해도 시간이 지나면 그 왕자가 너에게 이렇게 말할 걸. "미안해. 사실은 나 개구리였어."

우리 언제 이런 집에서 살아?

⋮

박범준·장길연 《이보다 더 좋을 순 없다》

초등학생인 딸아이는 가끔 종이와 크레파스를 들고 와서 같이 그림을 그리자고 한다. 아이의 흰 도화지가 색색의 크레파스로 메워질 동안 내 도화지는 여전히 흰색 그대로 깨끗하다. 그림을 그리자고 해서 크레파스를 집어들기는 하지만 마땅히 그릴 만한 게 없다. 그렇다고 매번 멍하니 있기도 뭣해서 그리기 시작한 게 집이다.

그 집이 생긴 모양은 이렇다. 야트막한 작은 산, 뒷마당에는 크지 않은 나무가 서너 그루 있고 집 앞에는 작지 않은 텃밭이 있다. 텃밭 어귀에는 잎이 무성한 나무가 한 그루, 나무 아래에는 평상 하나가 자리를 잡는다. 집은 이층인데 아래층 창문은 적당히 크다. 통유리로 된 넓은 창문은 멀리 내다보기에 좋은 크기다. 현관 옆에는 작은 발코니, 발코니에는 의자가 두 개쯤 있다. 이층은 공부방과 다락방이 함께 있다. 다락방 창문은 세모꼴로 생겨서 보기에도 예쁘다. 이층 다락방 앞에도 작은 발코니가 있고 발코니에는 작은 탁자와 의자가 있다.

이층집 모양은 그림을 그릴 때마다 조금씩 변한다. 창문이 작아지고 발코니가 옮겨지거나 다락방이 없어지기도 한다. 얼기설기 성의 없이 그린 그림이 완성되면 딸아이가 의견을 내놓는다. 창문은 이 자리가 좋겠고 다락방보다는 그냥 방을 크게 만들면 어떨까. 아이가 의견을 말하는 대로 집은 또 모양이 바뀐다. 그림 속의 집을 한참 뜯어고치던 아이가 하는 말. "우리 언제 이런 집에서 살아?"

나무네 집에는 동남쪽으로 시원하게 밖을 내려다볼 수 있는 통창이 있다. 통창에서 바라보는 풍경이 무척 좋다. 아내도 통창에 앉아서 산을 바라보면서 무척 마음에 들어하는 눈치다. 난방을 어떻게 하느냐고 물어보니 구들에 장작을 땐다고 한다. 힘들지 않냐고 물어보니 젊은 사람이면 다 할 수 있고, 정 급하면 제재소에서 나무껍데기를 사다가 써도 된단다. 세면대가 따로 없어 부엌의 싱크대에서 씻어야 한다는데 따뜻한 물이 나오지 않는다고 한다. 바깥 구경을 시켜준다고 해서 마당에 나와 보니 작은 흙집은 예전에 살던 집인데 연기가 많이 새서 바닥에 불을 땔 수가 없단다. 여름에나 사람이 잘 수 있지 평소에는 짐이나 쌓아둔다는 것이다. 그러고는 집에 딸린 밭을 보여준다.

나무네 집은 박범준·장길연 부부가 사는 집이다. 아니 살았던 집이다. 서울대학교와 카이스트 졸업이라는, 한국 사회에서 남들보다 잘 먹고 잘 살기에 가장 유리한 조건을 버리고 그들은 도시를 떠났다. IT 회사와 연구소를 버리고 부부가 자리를 잡은 곳은 무주였다. 난방을 하려면 장작을 때야 하고, 세면장이 없어서 더운 물도 나오지 않는 싱크대에서 씻어야 하고, 마당 한 구석에서 돌 두 개를 밟고 용변을 봐야 하는 집에 그들은 몸을 내려놓았다. 가장 번화한 도시에서 가장 빠르게 발전하는 산업에 종사하던 사람들로서는 극과 극의 세계로 달려간 셈이었다.

이리저리 둘러보아도 도시 살던 사람들이, 그것도 젊은 사람들이 살기에는 불가능해 보이는 집에서 그들은 육체적으로 힘들지만 마음이 행복한 일상을 만들어 나갔다. 그들은 농촌에서 무언가를 억지로 얻기 위해 도시를 떠나지 않았다. 그저 마음이 끌리는 대로 발길을 옮겼고, 발길이 닿은 곳에 자리를 잡았고, 마음이 내키는 대로 살기 위해서 농촌을 선택했다. 일반 사람들로서는 도저히 이해하기 어려운 선택이었지만 그들에게는 당연한 선택이었다. 귀농도 아니고 전원생활도 아닌, 일반적으로 사회에서 통용되는 단어로는 마땅히 설명하기 어려운 그들의 생활은 탈 도시, 탈 중심사회였다.

나에게 나무네 집과 아파트 중 어느 곳에서 살고 싶으냐고 물어본다면 뭐라고 대답을 할까? 잠시 망설이겠지만 아마 아파트를 선택할 것이다. 아파트는 편안한 도시생활을 할 수 있고 가족들이 나무네 집보다는 아파트를 원할 게 분명하니까. 또한 내가 가지고 있는 것들을 포기하지 않아도 되니까. 다시 물어본다면, 모든 조건을 버려 두고 마음으로 원하는 진정 살고 싶은 집이 어떤 것이냐고 다시 물어본다면 이번에도 잠시 망설일 것이다. 그때는 아파트보다 나무네 집에서 살고 싶다고 대답할 것이다. 그것은 내 마음이 원하는 것이니까. 몸은 따라가지 않지만 마음은 그곳에서 더 행복할 테니까.

박범준·장길연 부부가 나무네 집에 자리를 잡을 수 있었던 것은 단 한 가지를 했기 때문이다. 마음이 원하는 대로 따랐다는 단한 가지. 마음과 삶을 끌어당기는 그대로 실행에 옮겼던, 그것이 그들을 도시에 묶여 사는 사람들과 구분되게 만들었다. 마음을 따른 그 부부는 그들만의 행복을 찾았고 몸을 따른 나는…… 역시 행복을 찾았다?

생계 대책이라는 것은 물론 경제에 대한 것이지만 단지 돈을 버는 방법에 대한 이야기만은 아닐 것이다. 먼저 내가 살고 싶은 삶의 모습과 나의 행복에 대한 그림이 있고, 그것을 뒷받침하기 위한 경제적인 계획이 나올 때 그것이 정말 현실성 있는 생계 대책이 아닐까? 아무리 좋은 직장에서 많은 월급을 받아 그것을 모으고 있다고 할지라도 지금 자신의 건강을 심각하게 해치고 있다거나 그렇게 번 돈으로 행복한 삶을 지속할 수 없다면 그것은 현실적인 생계 대책이 아닐 수 있다고 나는 생각한다.

여름 휴가철이 지나고 찾아간 곰배령은 한적하고 청량했다. '도시를 아주 떠날 듯이 깊은 산속으로 갈 거야'라고 선택한 휴가지가 곰배령이었다. 오지라고 불리는 곳이니 제대로 고른 셈이었다. 폐속에 찐득하게 붙어서 떨어지지 않는 도시의 먼지를 씻어 내기라도 할 듯한 원시림의 청정함은 도시생활에 지친 몸과 마음을 부드럽게 안아 주었다. 한국의 오지를 말할 때 빠지지 않는 '삼둔 오가리' 골짜기가 딸려 있는 진동계곡에서 시작하는 곰배령 길은 비경 그 자체였다.

사람의 발길이 닿지 않을 것 같은 곰배령이지만 그곳에도 사람은 살고 있었다. 외지에서 들어와 이제는 주민이 되어 버린 사람들은 설피밭과 강선마을에 통나무집과 너와집 같은 여러 형태의 집을 짓고 살고 있었다. 원래 그곳에 살던 토박이가 아니면 마음 붙이고 살기 힘들 것 같은 곳에 사는 그들은 모두 도시를 떠나온 사람들이었다. 도시가 싫어서, 그 생활이 싫어서 그들은 오지라고 하는 곳에 들어와 마음을 부렸다.

'곰배령 사람들'에게 가장 먼저 떠올린 생각은 그것이었다. 도대체 무얼 해서 먹고 살까. 대단한 비밀이라도 있을 것 같은 의문은 쉽게 풀렸다. 아주 단순했다. 민박을 치고 토종꿀 농사를 짓고 나물을 뜯어서 많지는 않지만 돈을 마련할 수 있었다. 곰배령 안내원을 하고 산불감시원을 하는 것도 돈벌이의 하나였다. 무엇보다 그들에게 돈은 절대적으로 많이 필요한 것이 아니었다. 돈을 끝없이 벌려는 생각이었다면 그들은 곰배령으로 들어오지도 않았을 것이다. 그렇게 살려면 곰배령보다는 도시가 훨씬 유리했을 테니까.

그들에게 돈은 그곳에서의 삶을 유지하기 위한 것이었다. 무조건 많이 갖고자 하는 게, 남보다 더 많이 가져야 하는 게, 끝없이 벌어들여야 하는 게 아니었다. 그들에게 필요한 돈의 양은 자신이 원하는 삶을 살아나가는 데 필요한 만큼일 뿐이었다. 그들은 그렇게 필요한 만큼의 돈을 벌고 그렇게 자신이 원하는 삶을 살아나갔다.

누가 또 물어본다면, 곰배령과 지금 사는 도시 중 어디에서 살고 싶으냐고 물어본다면 아마 곰배령에서 살고 싶다고 대답할 것이다. 몸은 도시를 향하고 있지만, 마음은 항상 도시를 떠나 달리고 있으니까. 마음은 항상 몸을 이기지 못했고 그래서 몸은 항상 도시에 묶여 있었다. 도시에 묶여 탈출을 꿈꾸는 몸은 언젠가 도시를 떠날 것이다. 그러나 그때가 언제일지는 누구도 모른다. 내일이 될지, 내년이 될지, 삶을 끝내는 그때가 될지.

궁금하다. 한국의 오지에 마음을 부린 그들 '곰배령 사람들'은 행복할까? 궁금하다. 도시에 몸을 묶어 놓은 나는 행복할까?

장마가 끝나고 말끔하게 하늘이 갠 날, 우리 부부는 피곤하다며 평소보다 일찍 잠자리에 들었다. 그런데 무심코 내다본 창밖의 풍경에 둘 다 깜짝 놀라며 잠옷차림 그대로 마당으로 뛰어 나갔다. 이곳에 내려와 반년 가까이 살면서도 그렇게 쏟아질 듯 가득한 별들은 본 적이 없었다! 마침 달도 뜨지 않은 그믐밤이라 비가 깨끗하게 씻어 내린 하늘이 투명할 대로 투명했다. 우리 부부는 아무 말 없이 마냥 하늘만 바라보며 빙긋이 웃음지었다. 어려서 시골집에 놀러 갔다가 우연히 한 번 본 적이 있는 은하수가 바로 지금 머리 위 하늘을 가로질러 흐르고 있었다. 아, 우리가 이런 곳에서 사는구나! 마치 지루한 장마를 잘 견뎌낸 대가로 좋은 선물을 받은 듯 신이 나서 둘은 손을 붙잡고 마당을 돌며 쏟아지는 별빛을 즐겼다.

미인은 용기 있는 자의 것이라고 한다. 삶은 용기 있게 실천하는 자의 것일 게다. 실천하는 자는 원하는 삶을 살아갈 수 있고 실천하지 않는 자는 꿈만 꾸다 일생이 간다. 나도 나무네 집에서의 삶을, 곰배령에서의 삶을 원한다. 그러나 원하기만 할 뿐이다. 원하는 것은 누구나 한다. 실천하는 것은 누구나 하지 못하는 것이다. 실천하지 못하는 나는 원하는 대로 살아가지 못한다.

도시가 부여한 시간만큼의 휴가가 끝나자 다시 도시로 발길을 돌렸다. 곰배령은 황홀했고 마음을 흔들어 놓았다. 마음을 온통 흔들어 놓을 정도로 좋았지만 몸까지 잡아 놓지는 못했다. 마음은 곰배령에 놓아 두고 여느 휴가 때처럼 도시로 달려갔다. 도시로 가는 길에 오르자 마음이 급해졌다. 도시의 사나운 물결 속으로 몸을 던지려면 빨리 달려가 잠시라도 쉬어야 한다.

도시에 가까이 갈수록 차가 많아지더니 도시에 들어서는 차가

도로에 멈춰 버렸다. 꽉 막힌 도로 위에서 하늘을 가리고 있는 빌딩을 보니 푸른 잎을 펼쳐서 하늘을 가리고 있던 곰배령의 숲이 떠올랐다. 옆에 앉아 있는 아내에게 물었다. "우리가 왜 다시 도시로 가야 하지요?" 아내가 대답했다. "그럼 곰배령으로 돌아갈까요?"

이 징그러운 도시에서 얻는 것이 무엇이기에, 누리는 것이 무엇이기에 떠나지 못하는 것일까? 도시를 버리고 싶다고 굳게 마음 먹어도 아마 그렇게 하지 못할 것이다. 생활이라는, 삶이라는 덫으로 스스로를 묶어 놓았으니까.

걷어차이고 뜨거운 불에 데여서 몸과 마음이 너덜너덜해지는 때까지 망설이지 않았으면 좋겠다. 그래도 어느 정도는 멀쩡한 몸과 마음으로 '그림 속의 집'을 짓고, 그 집에서 편안하게 마음을 내려놓을 수 있었으면 좋겠다.

앞에도 뒤에도 다른 차 한 대 보이지 않는 그 길을 우리는 한참이나 달렸다. 내 옆 자리에 앉은 사랑하는 사람과 스쳐가는 부드러운 바람, 따뜻한 햇살과 반짝이는 강물, 싱그러운 나뭇잎. 나를 둘러싼 모든 것들이 나를 행복하게 만들기 위해서 존재하고 있는 것만 같았다. 아내의 방식으로 표현하자면 그저 몸과 마음이 평온한 순간이었겠지만 나의 표현 방식은 조금 달랐다. "서울에서 열심히 직장생활을 하는 사람이 이런 순간을 잠시 누리기 위해 지불해야 하는 비용은 과연 얼마일까요?"

2

뭘 어떻게
해야 하는 걸까?

네레데? 네레예?

⋮

베르나르 올리비에 《나는 걷는다 1》

휴일 아침이었다. 습관처럼 일찍 잠을 깨어 거실로 나오니 아직 어둠이 가득했다. 어둠이 천천히 걷히며 하루가 시작되고 있었다. 거실에 앉아 하루가 밝아 오는 것을 보고 있다가 갑자기 멍해지는 느낌이 들었다. 오늘 하루 무엇을 해야 할지 가늠이 안 됐다. 하루라는 온전한 시간이 앞에 놓여 있는데 무엇을 해야 할까? 휴일답게 무한 휴식을 하기에는 몸이 피곤하지 않았고, 가족들과 일 삼아서 여행을 떠나기도 내키지 않았다. 책을 읽어도 좋겠지만 꼭 읽어야 할 이유도 없었다. 바다 같은 시간 속에서 허우적대고 있었다. 걷히는 어둠을 바라보며 솟아오르는 것은 분노였다. 분노가 지나간 자리에는 한심스럽다는 생각이 밀물처럼 몰려왔다. 이 꼴이 무언가,

시간을 버려야 하다니. 목적하는 삶이 없어서 시간을 버려야 하다니. 허망함과 분노가 같이 몰려왔다.

마흔의 삶은 그렇게 흘러가고 있었다. 맛있는 음식을 찾아다니며 과식을 걱정하고, 세상의 많은 일에 짜증을 내고, 저녁이 되면 이유 없이 취하도록 술을 마시고, 밤늦게 집에 들어와 쓰러지듯 잠을 잤다. 아침이 되면 다시 깨어나 또 같은 과정을 반복했다. 휴일이 되면 쉬어야 한다는 이유로 오래도록 잠을 자거나 텔레비전 리모컨을 손에 들고 멍하니 하루를 살았다. 세상살이와 밥벌이는 힘들었다. 그래서 술을 마셔야 했고 오래도록 잠을 자야 했다. 뭔가 대단한 것을 하는 것 같았다. 그것이 돈을 벌고 아이들을 키우고 생활을 꾸려 나가는 과정이었으니 실제 대단한 일이기는 했다. 술은 생활의 일부가 되었고 잠은 의례가 되었다. 습관처럼 술을 마셨고 전리품을 챙기듯 휴일이면 길고 긴 잠을 잤다. 시간이 날 때마다 소파 위에서 뒹구는 밥벌이에 지친 남자, 그 이상도 이하도 아니었다. 그리고 그것은 부끄러운 모습이 아니었다. 당연한 노동의 보상이었다.

그러던 어느 휴일 아침, 누군가의 손이 날아와서 뺨을 후려쳤다. 이렇게 졸다가 오십이 되고 육십이 되겠구나. 한가롭게 즐겨야 할 휴일 아침이 순간 흔들렸다. 나를 이대로 그냥 두면 버려진 풀밭처럼 잡초가 무성해지고 결국은 쓰지 못하는 땅이 되어 버릴지도 모른다는 두려움이었다. 소파에서 일어나야 했다. 걸어야 했다. 그것도 멀고 험한 길을 걸어야 했다. 마흔은 소파 위에서 버려져야 할 시간이 아니었다.

홀로 외로이 걷는 여행은 자기 자신을 직면하게 만들고, 육체의 제약
에서 그리고 주어진 환경 속에서 안락하게 사고하던 스스로를 해방
시킨다. 순례자들은 아주 긴 도보여행을 마친 후엔 거의 예외 없이
변모된 자신의 모습을 느낀다. 이는 그들이 그토록 오랫동안 스스로
를 직면하지 않았다면 아마도 발견할 수 없었을 자신의 일부를 만났
기 때문이다.

프랑스에서 30여 년의 기자 생활을 마치고 은퇴한 베르나르 올
리비에는 터키의 이스탄불에서 중국의 시안까지 1만 2000킬로미
터를 걷는다. 실크로드를 따라 걷는 그의 원칙은 혼자서 걷는 것,
그리고 절대 1킬로미터도 교통수단은 이용하지 않는 것이다. 미쳤
다고 밖에 생각되지 않는 계획을 그는 실행에 옮겼다. 그는 4년에
걸쳐 1099일 동안 걸어서 계획대로 시안에 도착했다. 그가 걷기 시
작한 것은 61세의 나이. 남들은 은퇴 이후에 어떻게 편안한 삶을
살다가 인생을 마칠 것인가를 고민할 때 올리비에는 새로운 인생을
시작했다.

그가 은퇴를 하자마자 새로운 인생을 시작하기 위해 걷기에 나선
것은 아니다. 그는 은퇴 후 벌어진 일에 당황한 부적응자였다. 사회
적·제도적으로 주어진 일을 훌륭히 마치고 집으로 돌아온 올리비

에가 할 수 있는 일이라고는 소파에 널브러져 있거나 벽난로에서 불씨와 추억을 살려내는 것밖에 없었다. 그러면서 기다리는 것은 최후의 날. 욕망도 없고 계획도 없고 미래도 없이 수렁에 빠진 듯한 상황에서 올리비에는 자살을 생각한다. 모든 걸 끝내 버리는 은밀한 위안. 자살까지 꿈꾸었던 올리비에가 움켜쥔 것은 걷기였다.

책 속의 올리비에가 이스탄불에서 걷기를 시작한 그날 나는 소파에 눕혀져 있던 몸을 일으켜 세웠다. 올리비에는 혼자 떠났지만 그는 혼자가 아니었다. 나는 소파에서 일어나 아무도 모르게 그와 함께 걷기 시작했다. 그 길은 나를 소파에서 일으켜 세웠고 내가 원했던 멀고 험한 길이었다. 올리비에는 자신이 왜 그 길을 걸어야 하는지 스스로도 모른다고 했다. 나도 내가 왜 그와 함께 걸어야 하는지 모른다. 다만 기대는 있었다. 그가 길에서 만난 자신의 모습에, 긴 도보여행 뒤 변모한 그 모습에 나를 투사하고 싶었다. 그런 점에서 그 길은 소파에 누워 졸면서 삶을 죽여 나가던 마흔이 걸어야 할 길이었다.

예순하나의 나이, 삼순호에 타고 있을 때는 걱정도 많았지만 육체의 젊음이 다시 찾아온 것 같았다. 내 신체기관을 내가 뛰어든 모험에 적응시키는 것, 이 첫 싸움에서 나는 승리한 모양이다. 나는 세포 하나하나마다 취기 같은 것을 느꼈다. 이 환상적인 풍경 속에서 몸이 공중에 뜨는 듯했다. 마침내 보행자의 열반에 들어선 것이다.

올리비에와 함께 걷는 길은 힘들었다. 평탄한 길은 거의 없었다. 차들이 사람을 치어 버릴 듯 밀치고 다니는 도로를 건너기도 하고 어디로 이어지는지 모르는 산길을 쉼 없이 걸었다. 1000미터가 넘는 고지대를 넘나들고 지도에도 없는 길을 찾느라 곳곳을 헤집고 다녔다. 가는 곳마다 마주치는 갈림길에서는 쉽지 않은 선택을 해야 했다. 잘못된 선택으로 길을 잃고 되돌아오기를 수도 없이 했지만 그는 아무 소리 없이 또 다른 길을 따라 걸었다. 그저 걸을 뿐이었다.

산골이든 도시든 그가 가는 곳마다 사람들이 몰려들었다. 이스탄불에서 시안까지 걸어가는 기인은 평생에 놓쳐서는 안 될 구경거리였다. 그가 거쳐 간 수많은 마을에서 사람들은 그를 둘러싸고 물었다. 네레데?(어디서 왔는가) 네레예?(어디로 가는가)

올리비에에게 묻는 사람들처럼 나도 궁금했다. 진정 그는 어디서 와서 어디로 가고 있는 것일까? 궁금했다. 묻고 싶었다. 그러나 묻지 않았다. 최종 목적지는 중요하지 않을지 모른다. 그도 자신이 왜 이 길을 걷는지 모른다고 하지 않았는가. 길을 걷고 또 걷다가 길어올리는 무언가가 진짜 그가 가려고 하는 최종 목적지일 것이다. 같이 길을 걷고는 있지만 그와 나는 보는 것도 다르고 최종 목적지도 같지 않을 것이다.

그는 이미 하나의 목적지를 넘어섰다. 신체기관을 이 극한의 모험에 적응시키는 첫 싸움에서 승리하고 몸이 공중에 뜨는 듯한 보행자의 열반에 들어선 것이다. 진정한 몰입이고 황홀한 걷기였다.

> 철학자 미셸 세르는 수동성은 "야만적인 것의 다른 형태"라고 했다. 이러한 일상의 노력, 멀고 먼 목표를 향한 알 수 없는 그러나 강렬한 부추김 그리고 유익한 땀방울을 통해 나는 하늘로 날아오르고, 어린 시절과 두려움과 고정관념의 사슬에서 해방된다. 나는 사회가 얽어맨 줄을 끊고, 안락의자와 편한 침대를 외면한다. 행동하고 생각하고 꿈꾸고 걸으므로 살아 있는 것이다. 걸으면서 몽상하기란 쉽지만, 걸으면서 생각하기란 쉬운 일이 아니다.

마흔의 월급쟁이는 밥벌이에 지친 초조한 중년으로 존재한다. 뻔히 내다보이는 미래가 어떤 모습인지 알고 있으나 넌지시 외면하고 소파에 앉아 리모컨만 돌린다. 밥벌이를 하느라 분주하게 달리기를 하지만 목표점이 어디인지는 모르는 안개 속의 달리기다. 달리기가 끝나고 길이 끝났을 때 그 길의 끝에 절벽이 있을지 꽃길이 있을지는 전혀 모른다. 정신없이 달리고 달리기에 지치면 한 잔 술을 마시고 쓰러져 잠을 잘 뿐이다. 잠에서 깨어나면 리모컨이 달콤하다.

학교 다닐 때 들었던 행복론은 이런 것이었다. 나무꾼이 산길을 가고 있었다. 갑자기 뒤에서 호랑이가 나타나자 나무꾼은 정신없이 도망치기 시작했다. 호랑이에게 잡히려는 찰나 나무꾼은 웬 구덩이

속으로 빠져 버린다. 구덩이로 미끄러지던 나무꾼은 구덩이 중간에서 나무뿌리를 붙잡고 간신히 몸을 지탱했다. 정신을 차리고 위를 보니 구덩이 위에는 호랑이가 아래를 내려다보며 지키고 서 있다. 아래를 보니 바닥에는 뱀들이 고개를 들고 나무꾼이 떨어지기를 기다리고 있다. 중간에서 간신히 나무뿌리 하나를 붙들고 버티는 나무꾼의 눈앞에 조그만 벌집이 보인다. 벌집 속에는 달콤한 꿀이 채워져 있다. 그 상황에서 맛보는 벌꿀, 그것이 행복이라는 것이다.

문득 문득 마흔의 삶은 그 나무꾼과 같다는 생각이 든다. 나무꾼이 구덩이 한가운데 매달려 맛보는 벌꿀은 달콤하다. 마흔의 삶이 주는 달콤함은 그런 것이다. 그 꿀은 진정한 행복일까? 언제 없어질지 모르는 모래성 같은 짜릿함이 행복인지는 아직 잘 모르겠다. 어쨌거나 그 꿀에 취한 나무꾼은 구덩이를 떠나려 하지 않는다. 지금 살고 있는 이 순간에 충실하라는 카르페 디엠을 따른다면 그건 즐거운 현실이다. 긍정적 관점에서 보라고 하면 그 벌꿀은 정말 달디 달 것이다. 나도 그걸 행복이라고 말하고 싶다. 그러나 호랑이와 독사의 눈치만 보는 달콤함은 포장된 기만이다.

올리비에는 걷지 않아도 충분히 행복할 수 있었다. 고행에 가까운 실크로드 걷기로 은퇴 이후의 삶을 채울 필요도 없었다. 그러나 그는 아무 장애물도 없었던, 행복과 편안함만 가득할 것 같았던 길에서 자살이라는 극단적 선택을 하려고 했다. 그리고 그는 길 위에 섰다. 그가 꿈을 꾸기 시작한 것은 오히려 걷기라는 고행을 택하고 나서부터다. 내가 빠져 있는 권태라는 구덩이와 그 안의 적당한 달콤함은 무엇을 가져다줄까.

물론 이 길에서 나는 죽을 수도 있다. 하지만 노르망디-파리 고속도로에서도 샹젤리제 거리를 건너면서도 혹은 횡단보도에서도 위험하기는 마찬가지 아닌가. 그렇다고 내가 턱없이 순진한 건 아니다. 걷는다는 건 모든 접촉에 노출된 일이다. 따라서 호의도 악의도 모두 접하게 되는 것이다. 그냥 침대에서 죽기 바랐다면 떠나지 말았어야 했다. 이같은 생각은 확고했다. 자신의 침대에서 죽기를 원하는 사람은, 그래서 절대 그곳에서 벗어나지 않는 사람은 이미 죽은 것과 마찬가지라고.

올리비에는 침대에서 죽는 것보다 새로운 도전을 택했다. 길 위에서 죽을지도 모르는 일이지만, 삶을 마감해야 할 나이에 삶의 시작을 위해 떠났다. 나도 그렇게 적당한 편안함, 미래가 보이지 않는 기만된 달콤함에 몸을 싣고 떠내려가고 싶지 않다. 어떻게 살다 보면 또 살아질 것이다. 삶은 그래 왔고 앞으로도 그럴 테니까. 그러나 그렇게 살기에는 남은 시간이 너무 길고 그렇게 보내기에 삶은 너무 아깝다. 권태의 구덩이에서 벗어나 내 삶을 위한 도전에 나서고 싶다. 카르페 디엠은 카르페 디엠이고, 도전은 도전인 것이다.

실크로드 길의 어디에선가 나는 걷기를 멈췄다. 안녕, 올리비에.

이제 나는 올리비에와 헤어지려 한다. 올리비에는 실크로드에서 자신의 길을, 나는 나의 현실로 돌아와 나의 길을 걸을 것이다. 그는 내 인사도 듣지 못하고 묵묵히 그의 길을 재촉했다.

더 이상 마흔을 소파 위에서 뒹굴며 지내지는 않을 것이다. 실크로드에서 사람들이 묻던 인사를 스스로에게 던질 것이다. 네레데?(어디서 왔는가) 네레예?(어디로 가는가) 길 위에서 나는 그 답을 찾는다.

아는 것은 힘이 아니다

:

피터 드러커 《프로페셔널의 조건》

　'아는 것이 힘이다'라는 프랜시스 베이컨의 말은 틀렸다. 그 말이 시대를 이어 오는 명언이기는 하지만 그 의미에 별로 공감하고 싶지 않다. 베이컨은 철학적 판단을 내렸겠지만 생활적 판단에서는 또 달라진다. 그 말은 이렇게 바꾸어야 한다. '아는 것은 힘이 아니다.'

　아는 것이 힘이 아닌 것은 잠깐만 생각해 보면 쉽게 수긍이 간다. 중고등학교 때 공부를 열심히 해야 한다는 것은 누구나 안다. 그러나 열심히 하지 않았다. 누구는 공부가 제일 쉬웠다고 하지만 공부처럼 하기 싫은 것 찾기도 어렵다. 우리나라 사회 구조가 잘못되었다 잘 되었다를 떠나서 공부를 열심히 하지 않은 영향은 죽을 때까지 미친다. 대학교에서 학점을 좋게 받았더라면 좋은 취업 자리를 추천받을 수도 있었다. 그렇지만 학점을 좋게 받지 못했다. 미팅도 해야 하고 놀러도 다니느라 학점 관리할 시간이 모자랐다. 영어 공부를 열심히 해서 원어민처럼 영어를 구사했다면 직업이 달라졌거나 생활수준이 달라졌을 수도 있다. 알고는 있었지만 영어학원 몇 달 다니다 때려치운 게 영어 공부의 전부다.

사회에 나와서도 마찬가지다. 이러저러한 책을 읽으면 어디에 도움이 될 것이라는 걸 분명히 안다. 그러나 알고만 그냥 지나간다. 당장 눈앞의 텔레비전이 훨씬 재미있다. 지금 몸 상태가 이러저러하니 운동을 해야 한다는 걸 느낀다. 그러나 느끼고만 지나간다. 저녁의 술 한 잔이 운동 후 흘리는 땀보다 달콤하다. 나중에 어떠한 자리에 가려면 지금 무엇을 해야 하는지 절절히 깨닫는다. 깨달음은 있지만 역시 그냥 지나간다. 그건 그때 일이고 지금은 주말에 놀러갈 일이 급하다.

그렇게 살아온 결과의 누적이 지금의 모습이다. 알고 있는 대로 살았더라면 지금 삶의 모습은 아주 많이 달랐을 것이다. 그러나 알고 있는 대로 살지 못한, 또는 살지 않은 우리는 만족스럽지 않은 지금의 모습을 끌어안고 산다. 몰라서 못한 것은 별로 없다. 알고 있지만 하지 않았다. 결국 아는 것은 힘이 아니다. 힘이 되는 건 '아는 것'이 아니라 '실행하는 것'이다.

사실 타이밍이란 모든 일의 성공에서 가장 중요한 요인이다. 5년 전에 시작했다면 좋았을 일을 지금에 와서 착수하는 것은 좌절과 실패를 맛볼 수 있는 확실한 처방이나 마찬가지다.

마흔 즈음이 되면 언제 무엇을 했어야 하는지 알게 된다. 지식이 없어도 살아온 삶 속에서 알게 된다. 삶의 누적이 주는 깨달음이다. 그래서 가끔 '아!' 하고 무릎을 치는 때가 온다. 그게 아니면 '아~' 하는 탄식이다. 그제서야 알았다고 하겠지만 그건 거짓말이다. 그제서야 안 것이 아니라 그 당시에도 알고 있었던 것들이다. 몰랐던 것이 아니라 행하지 않은 것이다.

마흔 즈음의 깨달음은 마음속에 깊게 남는다. 스스로 살아오면서 깨우친 것이기 때문에 잊지 않는다. 그 생각을 바탕으로 마흔 이후를 살아간다면 삶은 또 달라진다. 그때라도 아는 대로 산다면 남은 긴 시간의 생은 분명히 달라진다. 그러나 삶은 다시 윤회한다. 예전과 같은 과정을 겪으며 시간이 또 지나간다. 역사는 윤회한다고 말한다. 역사가 윤회하는 것은 역사에서 배운 것을 그대로 실행하지 못하기 때문이다. 개인도 마찬가지다. 자신의 역사에서 배운 것을 그대로 실행하지 못하고 같은 실수를 저지른다. 따라서 개인의 삶도 윤회한다. 좌절과 후회를 불러오는 윤회다.

모든 일에는 시간이 필요하다. 시간이야말로 단 하나의 참다운 보편적인 조건이다. 모든 일은 시간 속에서 일어나고 그리고 시간을 소모한다. 그런데도 대부분의 사람들이 이 한정된, 대체 불가능한, 필수적인 자원을 당연한 것으로 취급하고 있다. 아마도 효과적인 지식 근로자와 그렇지 않은 지식 근로자를 구분하는 특성으로서 시간에 대한 충실한 관리만큼 중요한 것도 없다.

예전과 다르지 않게 살아가는 윤회의 대가는 시간의 상실이다. 역시 누구나 알고 있듯이 시간은 되돌리지 못한다. 아무리 돈을 많이 주어도 살 수 없는 게 시간이다. 흘려보내면 그걸로 끝이다. 시간의 또 한 가지 특징은 누구에게나 동등하게 부여된다는 것이다. 시간이 자본이고 자원이고 기회인 것은 시간이 가지고 있는 그런 특성 때문이다. 이렇게 돈 한 푼 들이지 않고 얻은 막대한 자본과 자원과 기회를 그냥 흘려보낸다. 시간과 함께 흘러가는 게 또 하나 있다. 삶이다. 버려지는 시간과 같은 바구니에 담겨서 삶도 버려진다.

문명사회인 현대에 들어서 크게 확산되는 것 중에 생활습관병이 있다. 생활습관병은 말 그대로 나쁜 생활습관이 불러오는 병을 말한다. 고혈압, 당뇨, 비만, 심장병, 고지혈증 등인데 이 병들의 특징은 몸을 관리하지 않아서 생긴다는 것이다. 생활습관병을 막는 방법은 의외로 간단하다. 골고루 먹고, 정상체중을 유지하고, 싱겁게 먹고, 과음을 삼가고, 규칙적으로 운동을 하면 생활습관병은 막을 수 있다. 사람들이 이런 것들을 모를까? 몰라서 생활습관병에 걸리지는 않는다. 알고는 있지만 귀찮아서 게을러서 미루고 미루다 병에 걸린다. 이렇게 생긴 생활습관병은 평생 몸을 괴롭힌다.

삶이 반갑지 않은 형태로 윤회하는 것은 삶도 생활습관병에 걸렸기 때문이다. 삶의 생활습관병도 마찬가지로 몰라서 생기는 게 아니다. 알면서 실행하지 않고 시간만 보내다 삶 자체가 생활습관병에 걸린다. 생활습관병은 몸을 괴롭히는 것으로 끝나지 않는다. 삶 또한 괴롭게 만든다. 몸이든 삶이든 자신의 선택이 부른 결과들이다.

그래서 '반복해서 일어나는 위기는, 결국 우둔함과 나태의 징후에 지나지 않는다'는 피터 드러커의 말은 가슴에 와서 툭 얹혀 버린다. 드러커의 말대로라면 우둔함과 나태에 지배당하고 있는 것이다. 더군다나 몰라서도 아니고 알면서 팽개쳐 둔 결과로 인해 위기가 일어난다. 그렇게 마흔 즈음까지 살아온 것이고 또 그 이후에도 그렇게 살고 있는 것이다.

"음악가로서 나는 일생 동안 완벽을 추구해 왔다. 완벽하게 작곡하려고 애썼지만, 하나의 작품이 될 때마다 늘 아쉬움이 남았다. 때문에 나에게는 분명 한 번 더 도전해 볼 의무가 있다고 생각한다." 나는 베르디의 이 말을 잊은 적이 없다 그의 말은 나에게 지울 수 없는 강한 인상을 남겼다. …(중략) … 그리고 그때에 나는 내가 앞으로 무엇을 하든지 간에 베르디의 그 교훈을 인생의 길잡이로 삼겠다고 결심했다. 나이를 더 먹게 되더라도 포기하지 않고 계속 정진하리라고 굳게 마음먹었다. 살아가는 동안 완벽은 언제나 나를 피해 갈 테지만, 그렇지만 나는 또한 언제나 완벽을 추구하리라고 다짐했다.

'경영의 구루(스승)'라고 불리는 피터 드러커는 살아오면서 무언가를 배우고 깨달을 때마다 그것을 가슴 속에 담아 놓는 것에 그치지 않고 삶 속에서 실행으로 옮겼다. 드러커가 베르디의 오페라를 보고 베르디의 글에서 감동을 받은 나이는 열여덟이다.

여든 살의 나이에도 일생 동안 완벽을 추구하는 자세로 살아가는 베르디에게 받은 감동을 열여덟 살의 드러커는 평생 인생의 길잡이로 삼고 실행했다. 그는 "당신이 쓴 책 중에서 어느 책을 최고로 꼽느냐"는 질문을 받을 때마다 "바로 다음에 나올 책"이라고 대답한다. 농담도 아니었고 자부심을 드러내고자 하는 것도 아니었다. 완벽을 추구하는 삶의 실행력이 그런 대답을 이끌어냈다.

자신의 일을 정기적으로 검토하는 것이나, 새로운 일을 할 때마다 스스로에게 질문을 하는 것이나, 자신이 하는 일들에 대해 피드백을 하는 것은 드러커가 삶 속에서 배운 것들이다. 그는 배운 것들을 살아가는 동안 쉼 없이 실행에 옮겼다. 그런 실행력이 '현대 경영의 구루'라고 불리는 그를 만들어 냈다.

사람은 끊임없이 무언가를 느끼고 배운다. 책에서 배우고 사람에게서 배우고 자연에서 배운다. 일을 하면서 배우고 공부하면서 배우고 후회하면서 배운다. 드러커가 자신의 삶에서 배운 것은 일반 사람들이 삶에서 배운 것과 크게 다르지 않다. 그가 더 나은 배움의 기회를 가졌을 수는 있지만 꼭 그렇지도 않을 것이다. 보통 사람들의 삶에도 많은 배움의 기회가 있었고 사람들은 살면서 그 배움을 가슴에 담아 놓기도 했다.

그러나 드러커의 삶과 장삼이사의 삶을 비교하는 것은 불가능하다. 비교의 대상이 될 수 없기 때문이다. 태양과 반딧불의 차이와 비슷하다고나 할까. 아니 그 이상일 것이다. 그런 차이를 만든 것은 무엇일까? 물론 개개인의 능력 차이가 있겠지만 결국은 실행력의 차이가 삶의 차이를 만들었다. 드러커나 어느 누구나 서로 한 사람의 생을 살아가는 것은 마찬가지이지만 결과적으로 그것을 같은 생이라고 하기는 힘들다.

아는 것은 아무 의미가 없다. 세상 누구나 그만큼은 안다. 많이 배웠다고 더 많이 안다고 생각하면 착각이다. 삶의 배움에는 학벌이나 학력이 무의미하다. 문제는 누가 움직이느냐이다. 알기만 하고 움직이지 않는 것은 모르는 것과 같다. 실행이 없는데 안다는 것이 무슨 의미가 있는가. 생존과 경쟁이 트렌드가 되어 버린 사회의 논리로 따진다면 '움직이는 자가 이긴다.' 머리로 생각하지 말고 몸으로 움직여야 한다. 부딪쳐서 답을 찾아야 한다. 그게 진정한 답이다. 마흔이 넘어선 나이에는, 머리로만 생각하고 계획표만 짜는 젊은 시절의 실수를 되풀이 할 만큼 시간이 많지 않다.

드러커는 아는 것을 힘으로 만들었다. 그에게 '아는 것이 힘이다' 라는 말은 아주 적절하다. 그러나 삶을 생활습관병에 걸리게 하고 반갑지 않은 생활의 윤회를 거듭하고 있는 사람에게 '아는 것은 힘이 아니다.' 그들에게는 아는 것이 힘이 아니고 '실행하는 것이 힘이다.' 실행력의 차이가 모든 것을 바꾸어 놓는다.

우울해하지 말아라, 친구야

:

안도현 《연어》

젊은 시절의 추억을 불러일으키는 공연을 보고 온 친구는 기분이 좋지 않았다. 시작할 때는 기분이 좋았는데 공연이 막바지로 향할수록 기분이 착잡해지더란 것이었다. 처음에는 귀에 익은 오래된 노래들이 나오고 기억이 새로워지면서 흥겹더니 나중에는 다른 생각이 들더란다. 그 생각이란 게 이런 거다. '내가 나이를 많이 먹었구나, 언제 이렇게 나이를 먹었을까, 벌써 이렇게 나이가 많아졌다니……' 하는 생각이 들면서 흥겨움이 가라앉더란다.

그리고 뒤따라오는 것은 회한. 어느새 나이가 이렇게 되다니 하는 새삼스러움에 여태까지 뭘 했나 하는 생각이 자연스럽게 달라붙어 며칠을 괴롭게 하더란다. 이미 알고는 있었지만 애써 외면하고 싶었던 사실을 직접 몸으로 느낀 순간, 억지로 누르고 막아 놓았던 감정들이 순식간에 솟구쳐 나온 것이다. 소주 한 잔을 길게 들이키면서 서글픈 웃음을 웃던 친구는 적지 않게 허탈해 보였다.

많은 사람이 그렇게 생각하고 느낀다. 매에는 장사가 없다지만 그건 별거 아니다. 정말 장사가 없는 것은 세월 앞에서다. 세상을 휘두를 수 있는 힘이나 권력으로도, 그리고 무엇이든 할 수 있다는 돈으로도 세월을 이길 수는 없다. 세월에 장사 없다는 말은 절대 진리다. 그런 절대 진리 앞에서 평범한 한 사람이 어찌 회한이 없을까. 더구나 마흔을 넘어 제법 나이가 들면 더욱 그렇다. 그래서 회한이 생기고, 이 나이까지 뭘 했나 하는 생각이 온몸을 감싸 오는 것이다. 그리고 정해진 순서처럼 기분이 울적해진다.

생각해 보면 정말 그렇다. 도대체 무엇을 하며 살았을까? 이 나이까지 살면서 해놓은 것이 무얼까? 돈을 많이 벌은 것도, 그럴듯한 명예를 쌓은 것도 아니다. 그렇다고 대단한 사회적 지위를 만들지도 못했고, 권력을 가지고 있지도 못하다. 도대체 무얼 하고 살았나 하는 생각이 몰려온다. 후회스럽고 기분이 울적해진다. 그 긴 시간 동안 해놓은 것이 이렇게 없다니…….

"이유 없는 삶이 있을까요?"

"네 말대로 이유 없는 삶이란 없지. 이 세상 어디에도."

"그럼 아저씨의 삶의 이유는 뭔가요?"

"그건 내가, 지금, 여기 존재한다는 그 자체야."

"존재한다는 게 삶의 이유라구요?"

"그래, 존재한다는 것, 그것은 나 아닌 것들의 배경이 된다는 뜻이지."

그렇지만 한번 생각해 보자. 정말 그렇게 해놓은 게 없는 것일까? 정말 그렇게 허무하게 살아온 것일까? 그렇다고 말하기에는 우리는 꽤나 열심히 살아왔다.

돈이 풍족할 만큼 많지는 않지만 그렇다고 없지도 않다. 남들만큼 잘 먹이지는 못했지만 가족들 굶기지 않았고, 남들처럼 좋은 학원은 못 보냈지만 아이들 교육도 시킬 만큼은 벌었다. 별거 아닌 것 같지만 대단한 일이다. 몸뚱이 하나 지니고 세상에 나와 물려받은 것 하나도 없이 살아왔다. 몸뚱이 하나만으로 태풍 부는 바다보다 험하다는 세상을 헤치고 살아왔다. 그게 얼마나 대단한 일인가.

험한 격랑의 세상 속에서 누구의 도움도 없이 혼자의 힘으로 돈을 벌어 가족들을 먹여 살렸다. 먹고 산다는 그 단순한 일에 많은 시간을 바쳤지만, 사람의 삶 속에서 그 단순한 일보다 더 가치가 있는 일이 얼마나 있겠는가. 그런 가치 있는 일을 큰 허물없이 해왔는데 그게 어찌 대단한 일이 아니겠는가. 그러니 친구야, 우울해하지 말아라.

꽃은 꽃대로 아름답고 별은 별대로 아름답다는 것을 그는 모르는 것이다. 둥굽은연어는 비틀어진 등으로 어떻게든 헤엄을 치려고 한다. 그 고통이 왜 아름다운 것인지, 그 상처가 왜 아름다운 것인지 선생님은 모른다. 선생님은 선생님이니까.

흔히들 나이를 먹으면 명예를 말한다. 그렇지만 명예라는 게 삶에서 도대체 얼마나 필요할까? 그 명예를 얻고 누리다 가는 사람은 얼마나 될까? 명예의 효용가치는 무엇일까? 세상에서 훌륭하다고 인정되는 이름을 얻음은 좋은 일이기는 하지만 누구나 꼭 해야 할 일은 아니다. 그렇게 얻은 이름을 사람들은 어디에 사용할까? 묘비명에 쓸까, 아니면 후세의 사람들이 기억해 주기를 바라는 마음에서일까? 그것은 무슨 의미가 있을까?

남들이 말하는 명예는 얻지 못했지만 남을 해하고 살지는 않았다. 주변에서 나쁜 평도 듣지 않았고 손가락질 받는 삶을 만들지도 않았다. 이익을 챙기려고 남의 것을 빼앗지 않았다. 나름대로 의미 있게 살았다. 자랑스러울 것도 없지만 부끄러울 것도 없는 삶을 만들어 왔다. 삶이 부끄럽지 않은 것보다 더 큰 명예는 무엇인가. 세상 사람들이 알아주지는 않지만 이미 그것으로 적지 않은 명예를 가지고 있는 것 아닌가. 그것을 큰 수확이 아니라고 말하는 사람이 있다면 그 생각을 이해할 수 없다. 그러니 우울해하지 말아라, 친구야.

우리가 쉬운 길을 택하기 시작하면 우리의 새끼들도 쉬운 길로만 가려고 할 것이고, 곧 거기에 익숙해지고 말거야. 그러나 우리가 폭포를 뛰어넘는다면, 그 뛰어넘는 순간의 고통과 환희를 훗날 알을 깨고 나올 우리 새끼들에게 고스란히 넘겨주게 되지 않을까? 우리들이 지금, 여기서 보내고 있는 한순간, 한순간이 먼 훗날 우리 새끼들의 뼈와 살이 되고 옹골진 삶이 되는 건 아닐까? 우리가 쉬운 길 대신에 폭포라는 어려운 길을 선택해야 하는 이유는 그것뿐이야.

나이를 먹으면 사람들은 그럴듯한 지위에 올라가기도 한다. 커다란 기업체를 움직이거나 나라를 움직이기도 한다. 자신의 모습은 왠지 초라해지고 작아진다. 오바마가 미국 대통령에 당선되자, 그 또래들은 농담처럼 말을 주고받았다. "너는 뭐했냐?" 오바마의 나이를 보면서 그들은 스스로가 부끄러웠나 보다. 농담이기는 했지만 그 말이 꼭 농담만은 아니었을 것이다. 일국의 대통령이 되는 것은 그만두고 한 기업의 대표가 되거나 어떤 조직을 움직이는 자리를 차지하는 것도 쉬운 일은 아니다.

자신이 그런 위치를 가지고 있지 않다고 초라하게 생각할 이유는 없다. 아직도 기회는 있는 것이고 자신이 그만한 능력이 꼭 없는 것도 아니기 때문이다. 서로가 걸어온 길이 달랐고, 그 길에서 만난 선택들이 조금씩 달랐을 뿐이다. 그리고 무엇보다 자신은 자신의 길에서 그만큼 열심히 그리고 성실히 일을 해왔다. 스스로 택한 길을 걸어오면서 많은 노력을 했다. 세상에서 말하는 사회적 권위는 없지만 자신의 분야에서는 나름대로 공 든 탑을 쌓았다. 그것만으로도 대단한 것을 가지고 있는 것이다. 자신만의 것을 가지고 있는 친구야, 우울해하지 말아라.

그것은 은빛연어와 눈맑은연어가 이루어낸 이 세상에서 처음이자 마지막인 풍경이었다. 또한 그것은 이 세상에서 가장 장엄하고, 가장 슬픈 풍경이기도 하였다.

이 한 장의 풍경을 만들기 위해 그들은 오 년 전 연약한 어린 연어의 몸으로 상류에서 폭포를 뛰어내렸다. 이 한 장의 풍경을 만들기 위해 그들은 바다라는 커다란 세상 속으로 거침없이 헤엄쳐갔다. 이 한 장의 풍경을 만들기 위해 그들은 북태평양 베링 해의 거친 파도를 이겨냈다. 이 한 장의 풍경을 만들기 위해 그들은 죽음을 무릅쓰고 초록 강을 찾아 돌아왔다. 바로 이 한 장의 풍경을 만들기 위해 그들은 수많은 죽음을 뛰어 넘었고, 이제 그들 스스로 거룩한 죽음의 풍경을 만들어내고 있는 것이다.

다시 생각해 보니 우리를 우울하게 만드는 것들은 하등 그럴 만한 이유가 없는 것 들이다. 우리가 가지고 있지 않다고 생각하는 많은 것들은 이미 우리가 지니고 있다. 그것이 모자라고 부족해 보이는 것은, 그래서 우리가 우울해지는 것은 다른 이유일 것이다. 아마도 그것은 욕망의 다른 모습으로 보아야 하는 것은 아닐지. 물론 욕망은 삶을 이끌어가는 동력이다. 그러나 삶 자체가 욕망에 끌려 다니는 건 그리 현명해 보이지 않는다. 지나친 욕망에의 추구는 어디에선가 삶을 부족하고 황폐하게 만들어 버린다.

욕망은 갈증으로 다가온다. 욕망이란 것이 어디 그렇게 쉽게 채워지던가. 바닷물을 먹는 것처럼 욕망은 항상 우리를 목마르게 했을 뿐 단 한 번도 갈증을 시원하게 풀어 준 적이 없다. 들이키고 들이켜도 갈증은 커지기만 했을 뿐이다. 그것을 알고 있음에도 쉬지 않고 욕망에 목말라했던 게 우리들 아니었던가. 쓸데없는 갈증에 자신을 매어다는 어리석음은 버리자. 그게 진정한 나이듦의 미덕 아닐까. 술 한 잔 쭉 마시고 다시 살아보자. 다시 힘내서 살아보자. 열심히 살았던 여태까지처럼. 허무하게 살지 않았던 여태까지처럼. 우울해하지 말아라, 친구야.

졌다, 그게 어떻다는 말인가

:

박민규 《삼미슈퍼스타즈의 마지막 팬클럽》

차에서 연기가 나기 시작했다. 보닛 부분에서 연기가 아지랑이처럼 스멀스멀 올라오는 게 보인다. 차를 탄 지가 10년이 훌쩍 넘었으니 그럴 만도 하다. 카센터에 갔더니 엔진오일통이 깨져서 오일이 샌단다. 엔진오일통 교환하는 비용이 10만 원에 가깝다. 그냥 차를 돌려 나오다 다른 카센터에 갔더니 별거 아니니까 그냥 타란다. 엔진오일이 새기는 하지만 그 정도는 차를 끌고 다니는 데 아무 지장이 없다는 거다. 그냥 타라고 해도 불안한 마음은 가시지 않는다. 처음 갔던 카센터에서는 엔진이 상할지도 모르고 자칫하면 차가 가다가 설 수도 있다고 반 협박하듯 했는데 그냥 타라니 믿을 수도 안 믿을 수도 없는 지경이다. 결국 차를 바꾸기로 했다.

새 차를 알아보느라 후배에게 전화를 하니 대뜸 중형차를 권한
다. 나이도 있고 하니 중형차를 사라는 거다. 자기가 지금 타고 다
니는 차가 품질이 좋다고 친절하게 설명까지 해준다. "지금 내가
끌고 있는 차가 뭔지는 아니?" 하고 물어보니 뭐냐고 반문을 한다.
차 이름을 말해 주자 대뜸 "아니, 그 작은 차를 끈단 말이예요" 한
다. 그러고는 하는 말이 이제는 중형차를 타란다. "큰 차 살 돈도
없고 산다고 해도 유지비도 부담스럽다"고 대꾸하니 대뜸 이런 말
이 돌아온다. "남들 돈 벌 때 뭐했어요."

할 말이 없다. 남들은 다들 돈 많이 벌어서 좋은 차를 끌고 다니
는데 이제까지 뭐했느냐는 말에 숨이 턱 막힌다. 사실이다. 세상사
람 모두가 그런 것처럼 보인다. 길거리에서도 소형차를 찾아보기는
쉽지 않다.

"그 나이되면 그 정도 차는 타야지." "그 나이 되면 그 정도 집에
서는 살아야지." 흔히들 하는 말이 귓가를 맴돈다. "그 나이 되
면…… 그 나이 되면……."

생각해 보니, 내 인생은 과연 별 볼일 없는 것이었다. 평범하고 평범
한 가문의 외동아들이었고, 거의 이대로 평범하고 평범한 가문의 아
버지가 될 확률이 높은 인생이었다. 타율로 치면 2할2푼7리 정도이
고, 뚜렷한 안타를 친 적도, 그렇다고 모두의 기억에 남을 만한 홈런
을 친 적도 없다. 발이 빠른 것도 아니다. 도루를 하거나 심판을 폭행

해 퇴장을 당할 만큼의 배짱도 없다. 이대로 간다면…… 맙소사, 이건 흡사 삼미 슈퍼스타즈가 아닌가.

사업하는 후배를 만나기로 하고는 일이 밀려서 약속시간에 늦게 도착하니 창밖을 내다보던 후배가 뜬금없이 말한다. "경차 한 대 지나갈 때 중형차 아홉 대, 대형차 다섯 대가 지나가네. 수입차도 한두 대 지나가고. 한국 사람들이 돈이 많기는 많은가 봐." 강남에서 사업을 하는 후배는 쏘나타가 국민차 수준이고 강남 가면 식당에서 주차관리 하는 사람들이 쏘나타를 타고 출퇴근 한다고 소리 높여 말한다. 농담인지 진담인지도 잘 모를 이야기를 하는 후배는 정작 회사 업무용으로 쓰는 쏘나타를 끌고 다니거나 스쿠터를 타고 나타난다.

차는 여전히 집 다음가는 자산 가치를 지닌다. 그리고 과시의 수단이다. 사람들이 가지고 있는 재산을 가격으로 분류한다면 부동산 다음으로 차가 꼽힌다. 그만큼 비싸다. 그래서 차는 사람들에게 소중하다. 또한 자신을 드러내는 수단이 된다. 굳이 말로 하지 않아도 어떤 차를 타고 나타나면 자신이 어느 정도라는 걸 드러낸다. 그래서 자연스럽게 과시의 도구가 된다. 이동수단이라는 고유의 기능보다 과시수단이라는 부가적 기능이 더 크게 작용을 한다.

미혼 남녀를 대상으로 한 어느 조사 결과를 보니 여성 84%가 첫 데이트 때 남자가 경차를 타고 나오면 민망해서 차에 타고 싶지 않을 거라고 대답했다. 남성 86%, 여성 83%는 좋은 차를 몰면 여자의 마음을 얻기 쉽다고 대답했다. 사람 위에 사람 없다고 하지만 사람 위에 차가 있는 꼴이다. 그래서 차는 그 자체로 훌륭한 과시의 수단이다. 차가 아니라 차가 가지고 있는 가격, 즉 돈을 과시하는 것이다.

사실 누가 뭐라고 해도 좋은 차를 타고 다니면 편하다. 기능이 뛰어나니 안락하고 폼도 난다. 사람 나고 차 났네 어쩌고 해도 그건 그저 말일 따름이다. 돈은 곧 성공의 척도이고 돈으로 표현되는 성공은 부러움을 받는다. 좋은 차는 부러움의 대상이 된다. 부러움과 욕망은 사람을 판가름하는 기준이 된다.

그런데 세상을 둘러보니 다들 그런 거야. 다들! 다들 돼지발정제를 마신 것처럼 땀을 흘리고 숨소리가 거칠어져 있어. 아무래도 놈들이 원하는 건 돈과의 교미가 아닌가 싶어. 이미 마신 이상은…… 그 끝을 보지 않을 수 없는 거지. 어쩌면 우리가 대학을 간 것도 다 그걸 마셨기 때문이야. 지금은 느끼지 못해도 좀더 시간이 흐르면 알게 되겠지. 여하튼 땀이…… 나고 숨소리가 거칠어질 테니까. 내가 왜 이러지? 난 결백해…… 하며 똑같은 짓을 하게 될거라구. 분명해. 그래, 분명 누군가가 우리에게 그걸 먹였어. 우리가 마셔온 물에, 우리가 먹어온 밥에, 우리가 읽는 책에, 우리가 받는 교육에, 우리가 보는 방송에, 우리가 열광하는 야구 경기에, 우리의 부모에게, 이웃에게,

나, 너, 우리, 대한민국에게…… 놈은 차곡차곡 그 약을 타온 거야. 너도 명심해. 그 5분이 지나고 나면, 우리도 어떤 인간이 되어 있을지 몰라……

쓰던 소파가 망가져서 버리고 난 뒤 소파 없이 살아보기로 했다. 소파가 없어지니 마땅히 앉을 곳이 없었다. 저녁을 먹고 거실에 앉아 있으려면 뭔가 모르게 불편해서 허리가 구부러지거나 이리저리 돌아눕고는 했다. 아무래도 소파를 다시 들여놓아야 하나 싶어서 가격을 알아보니 말 그대로 장난이 아니다. 평균 100만 원이고 싼 게 50만 원이 넘었다. 좀 넓고 편한 의자인 소파가 왜 그렇게 비싸야 하는지 이해가 되지 않았다. 사람들과 이야기를 하다가 소파 값이 너무 비싸다고 했더니 그게 뭐 비싸냐고 한다. 깜박했었다. 그건 나에게만 비싼 것이었다.

물건을 살 때 가격이나 모양새보다 기능을 우선으로 여기다 보니 물정 모른다는 소리를 가끔 듣는다. 식탁은 밥을 먹기 위한 도구니까 그릇을 받쳐 주기만 하면 된다. 디자인이나 재질은 별로 의미가 없다. 왜 식탁이 대리석이어야 하고 원목이어야 하는지 이해하기 어렵다. 더구나 100만 원 안팎을 넘나드는 가격은 더더욱 이해를 못한다. 소파도 그렇다. 소파는 편하게 앉을 수 있으면 된다. 그 기능을 충실히 수행할 수 있으면 되는 것이다. 차 또한 어딘가를 가고자 할 때 이동하는 기능을 충실히 하면 되는 것이 내가 생각한 차였다. 크기는 별로 중요하지 않았다.

그런데 세상은 뜻하지 않게 자꾸 '나이에 맞게' 살라고 한다. 나이에 맞게 살라는 것은 다른 것이 아니다. 세상 평균 크기의 자동차를 끌고 다니고 세상 평균 크기의 집에 사는 것을 말한다. 그 평균의 수치가 어떻게 산출되었는지는 모르겠지만 분명 세상이 말하는 평균은 있다. 거기서 모자라는 사람은 그 크기만큼 실패했거나 불쌍한 인생이 되어 버린다. 반론은 있을 수 없고 반론을 받아 주는 곳도 없다. 무조건 기준에 따라야만 한다. 기준을 무시하고 따르지 않겠다고 하면 어딘가 이상한 사람이 될 각오를 해야 한다.

'치기 힘든 공은 치지 않고, 잡기 힘든 공은 잡지 않는다'를 견지한다는 것은 실로 불가능에 가까운 일이야. 너도 알다시피 모든 선수들의 가슴 속엔 저마다 빛나는 자존심이란 것이 있게 마련이니까. 또 놈들은 누구나 칠 수 있을 것 같은 공을 끊임없이 던져주곤 해. 또 일부러 바로 코앞에 공을 던져 선수들을 유혹하기도 하지. 물론 그건 노동력의 손실을 막기 위해서야. 어이, 자네 새 차를 뽑았다며? 여어, 진급을 축하하네! 에서 사소하게는 자네 요즘 비싼 담배로 바꿨군, 이나 미스 정 많이 예뻐졌네, 에 이르기까지. 그 모든 유혹들은 이루 헤아릴 수 없을 정도지.

생각해 보니 좋은 차, 큰 집, 편안한 가구를 외면했던 것은 다른 이유가 아니었을까? 그 이유는 돈이 없다는 현실적 문제가 가장 클 것이다. 의식의 깊은 곳에서는 폼 나고 편한 걸 원하고 있지만 애써 모른 체하고 기능과 용도만 따졌을지도 모른다. 어느 후배가 '기러기 아빠가 되지 못하는 건 자녀교육에 대한 소신이 있어서가 아니라 돈이 없어서'라는 비정한 의견을 내놓은 적이 있다. 충분한 돈이 있다면 자식을 해외로 유학 보내지 않을 부모가 얼마나 되겠느냐는 것이다. 그 말이 진짜 솔직한 말인지도 모른다.

솔직하게 말하자. 크고 좋은 차 타고 싶고 더 큰 집에서 살고 싶다. 그런데 돈이 없다. 그래서 좋은 차 좋은 집을 갖지 못한다. 세상이 넌지시 요구하는 평균에 모든 게 많이 모자라니까.

자격지심일까. 후배가 던진 말이 큰 소리로 맴돈다. "남들 돈 벌 때 뭐 했어요." 할 말이 없다. "그 나이 되면……"이라는 말은 쉴 새 없이 세상을 떠돌면서 머리 위에 내려 앉아 괴롭힌다. 아무리 듣기 싫은들 방법이 없다. 이미 많은 것들이 되돌리기 불가능할 만큼 자리를 잡았다. 돈이 있는 사람은 계속 있을 것이고 돈이 없는 사람은 나중에도 크게 좋아질 기미가 보이지 않는다. 세상이 말하는 평균에서 한참 모자라는 '그 나이'의 남자는 그래서 슬프다. 그리고 아프기까지 하다.

그저 달리기만 하기에는 우리의 삶도 너무나 아름다운 것이다. 라는 생각을 했다. 인생의 숙제는 따로 있었다. 나는 비로소 그 숙제가 어

떤 것인지를 어렴풋이 느낄 수 있었고, 남아 있는 내 삶이 어떤 방향
으로 흘러가야 할지를 희미하게나마 짐작할 수 있었다. 그것은 어떤
공을 치고 던질 것인가와도 같은 문제였고, 어떤 야구를 할 것인가와
도 같은 문제였다. 필요 이상으로 바쁘고, 필요 이상으로 일하고, 필
요 이상으로 크고, 필요 이상으로 빠르고, 필요 이상으로 모으고, 필
요 이상으로 몰려있는 세계에 인생은 존재하지 않는다.

아프다는 것은 세상이 알게 모르게 요구하는 기준을 마음에 담
고 산다는 말이다. 그 기준에 맞추려고 애를 썼다는 말이다. 그런
기준이 마음에 걸리기도 하지만 반대로 그러거나 말거나 사람들은
나름대로 산다. 돈이 많거나 적거나 사는 방법은 다 있는 것이다.
노래처럼, 잘난 사람은 잘난 대로 살고 못난 사람은 못난 대로 살아
간다.

연기 나던 차를 바꾸기는 했지만 중형차로 바꾸지는 못했다. '그
나이 되면' 중형차 정도는 끌어 줘야 한다지만 그건 그들의 말일
뿐이다. 세상이 요구하는 크기의 차를 끌지 못한다고 실패한 인간
이라고 한다면, 그래 그렇다고 하자. 그래 나는 실패했다. 그게 어
떻다는 말인가. 소파는 앞으로도 사지 않을 것이다. 시간이 지나니
상황에 익숙해졌고 그 돈을 주고 소파를 사고 싶은 생각이 없다. 화
면이 제대로 나오지 않는 텔레비전이 더 망가진다면 그것도 사지
않으려 한다. 그 역시 상황에 익숙해질 것이고 텔레비전 가격은 소

파 값보다도 훨씬 비싸다는 게 또 하나의 이유다. 돈도 돈이지만 무엇보다 그것이 나의 방식이기 때문이다. 나는 나의 방식대로 살아갈 뿐이다. 큰 차가 없다고, 큰 집이 없다고, 소파가 없다고, 모자라는 인생이라 한다면, 그냥 그렇게 계속 모자라게 살 것이다. 그것이 나의 방식이니까.

마흔은 불혹이라고 불리는 나이다. 마흔을 이르는 불혹은 세상 일에 미혹되지 않는 나이란 뜻이다. 공자가 살던 시대에는 마흔이라는 나이가 불혹이 가능한 시기였는지 몰라도 요즘의 마흔은 불혹의 경지에 오르기 어려워 보인다. 평균수명도 길어졌고 공자가 살던 시대와는 다르기 때문이다. 그래서 모두들 공자의 말이 전혀 이치에 맞지 않는다고 너도나도 목소리를 높이곤 한다. 주위에는 갖은 유혹이 널려 있는데 어떻게 불혹이 가능하냐는 것이다. 일견 그 항변이 맞기는 하지만 꼭 맞는 것도 아니다. 마흔이 불혹인 것은 세상의 온갖 미혹에 흔들리지 않는다는 것이 아니라 이제 그럴 나이가 되었다는 것으로 받아들여야 한다. 세상의 갖은 말에도 흔들리지 않을 나이, 불혹으로 들어서는 나이, 그게 마흔인 것이다.

불혹의 마흔은 흔들리지 않아야 한다. 휘둘리며 살기에는 마흔은 살아야 할 날이 너무 많이 남아 있는 나이다. 그 긴 시간을 세상의 말이 흐르는 대로 이리 기웃, 저리 기웃 하면서 속을 태우며 살수는 없는 일이다. 여태까지 그렇게 살지 못했다면 이제부터라도 그렇게 살아볼 일이다. 나는 나의 생각대로 게임을 할 뿐이다. 나만

의 게임은 이제 시작이다. 자, 공을 높이 던지고 하늘을 올려다보
라. 플레이 볼!

플레이 볼.

조성훈이 소리쳤다.

재구성된 지구의 맑고 푸른 하늘을 지나

공이 날아왔다.

만삭의 아내가 손을 흔들었다.

저 두근거림 앞에서

이제 나는

저 공을 어떻게 잡아야 하는지를

잘 알고 있었다. 자,

플레이 볼이다.

날자, 내 인생 두 번째 꿈

:

빌 모이어스, 조지프 캠벨 《신화의 힘》

'인생의 비극이란 목표를 달성하지 못하는 것이 아니다. 달성할 목표가 없는 것이 진정한 인생의 비극이다. 목표 달성에 실패하는 것은 치욕이 아니다. 그러나 달성할 목표가 없는 것은 치욕이다.'

역사 속 위인의 말이 아니다. 나탈리 뒤 투아의 말이다. 나탈리 뒤 투아를 아는가? 남아프리카공화국의 여자 수영선수이다. 열네 살 때부터 국제대회에 출전했던 뒤 투아는 열일곱 살이던 2001년 교통사고로 왼쪽 다리를 잃는다. 수영선수로서는 절망적인 일이었다. 그러나 그녀는 일어선다. 다시 수영을 시작한 그녀는 올림픽에 출전한다. 장애인들의 올림픽인 패럴림픽이 아니다. 그녀는 2008 베이징 올림픽에 수영선수로 출전했다. 종목은 여자수영 마라톤

10km. 절단장애인 사상 처음이었다.

수영 경기장 출발대에는 선수들이 나란히 서 있다. 경기 시작 시간이 다가오고 뒤 투아는 자연스럽게 의족을 벗는다. 두 다리로 출발대에 서 있는 다른 선수들과 달리 한쪽 다리뿐인 뒤 투아의 모습은 감탄스러우면서 안쓰럽다. 한쪽 다리로 수영을 하는 뒤 투아는 이렇게 말한다. "스스로의 꿈에 도달하는 사람이 진정한 챔피언이다. 내 꿈은 올림픽 출전이었고 나는 그 꿈을 이뤘다. 인생의 비극은 목표를 달성하지 못하는 게 아니라 달성할 목표가 없는 것이다." 그녀는 다리를 잃었지만 꿈을 잃은 것은 아니었다.

캠벨 내가 일반적으로 학생들에게 내리는 처방은 "그대의 천복을 따르라"는 겁니다. 천복을 찾아내되, 천복 따르는 것을 절대로 두려워하면 안 됩니다.

모이어스 우리의 일입니까, 삶입니까?

캠벨 지금 하고 있는 일이, 좋아서 선택한 일이라면 바로 그겁니다. 만일에, "아니, 내가 그걸 어떻게 할 수 있어?" 이렇게 생각한다면 이게 바로 우리 안에 갇혀 있는 용입니다. "안 돼, 나는 작가가 될 수 없을 거야"라든지 "나는 아무개가 하는 일은 도저히 할 수 없을 거야", 이런다면 이게 바로 우리 안에 갇혀 있는 용입니다.

당신에게는, 나에게는, 그런 꿈이 있는가. 도달하고자 하는 꿈이 있는가. 달성할 목표가 있는가. 뒤 투아는 이렇게 말할지 모른다. "비극적인 인생이군요. 아니면 치욕스럽거나." 먹고 살기도 버거운 마당에 무슨 꿈 타령이냐고, 개가 풀 뜯어먹는 소리 하지 말라고 외칠 수도 있지만 그런다고 비극적인 인생이 희극적으로 바뀌거나 면죄부가 주어지지는 않는다. 다리가 하나밖에 없는 뒤 투아가 볼 때 다리가 둘 있으면서도 꿈을 꾸지 못하는 인생은 비극적이다.

고등학교를 졸업하고 대학교에 진학하는 전환의 시기. 그 시절에 하나의 꿈이 있었다. 대학교는 국문학과나 사학과에 가서 공부를 하고 싶다는 것. 책 속에 펼쳐진 정갈하고 현란한 문장의 매력에 빠지던 시기였다. 글씨 하나하나가 모여 만들어 내는 문장은 신기하기 짝이 없었다. 글 속에는 웃음과 눈물이 있었고 분노도 있었다. 문자가, 글이, 문장이 감정을 만들어 낸다는 게 더할 나위 없이 신기했다. 신기한 것은 역사책 속에도 있었다. 대입 시험공부를 하는 역사책에는 시험문제만 있는 게 아니라 사람이 있었다. 100년 전, 500년 전, 1000년 전의 사람들은 실타래처럼 끝없는 이야기를 풀어 놓았다. 시험 공부를 해야 했지만 역사가 들려주는 이야기에 빨려들었다. 문장의 매력이, 역사의 이야기들이 끌어당겼다. 긴 시간을 들여 공부를 하고 삶의 일부분을 걸어 보고 싶었다. 구체화되지 않은 작은 꿈이었다.

대학교 원서를 들고 망설였다. 국문과를 갈까, 사학과를 갈까. 고민을 거듭하다 마감일에야 원서를 냈다. 상과대학이었다. 꿈은 꿈일 뿐이었다. 취직 확률이 높은 학과를 선택하는 게 우선이었다. 현실적 이유를 구체화되지 않은 꿈이 이길 수는 없었다. 늘 그렇듯 좌절하는 건 꿈이었다.

상과대학을 졸업했지만 취직을 빨리 하지도 좋은 곳에 하지도 못했다. 아무런 영향도 없었다. 취직이 어렵다고 하던 국문학과를 졸업했다고 모두 실업자가 되지도 않았다. 결국 취직과 학과와는 상관이 없었던 셈이다. 물론 국문학과나 사학과에 갔다고 해도 꿈을 이루지는 못했을 것이다. 그러나 그때 달성할 목표는 취직이었다. 꿈은 취직이라는 현실적 달콤함과 바꿔 먹기에 딱 좋았다.

> **캠벨** 이 세상에는 자기 내면의 소리에 귀를 기울이지 않는 사람이 너무 많아요. 이 세상에는 무엇을 해야 할 것인지, 어떻게 행동해야 할 것인지, 삶의 가치를 어디에 두어야 할 것인지를 남의 말에 따라 결정하는 사람이 너무 많아요.

누구는 직장생활을 그만했으면 했다. 누구는 여행작가가 되고 싶다고 했다. 누구는 시골에 들어가서 살고 싶다고 했다. 누구는 남이 시키는 일은 더 하고 싶지 않다고 했다. 누구는 백두대간 종주를 하고 싶다고 했다. 누구는 아이들과 더 많은 시간을 갖고 싶다고 했다. 누구는 더 승진을 하고 싶다고 했다. 나이든 사람들의 '내 인생 두 번째 꿈'은 사람의 얼굴만큼 다양했다. 꿈은 살아온 형태처럼 서로 달랐다.

두 번째 꿈에 빠져들면 몸이 스멀거리고 양쪽 겨드랑이가 가려워진다. 젊은 날의 그때처럼 꿈이 다시 날개를 돋우는 것이다. 젊은 날과 달리 마흔이 넘어서 돋아나는 꿈은 몸이 원하고 마음이 원하는 것이다. 그래서 누군가는 꿈이 아니라 희망사항일 뿐이라고 말한다. 사는 게 힘들어서, 그 힘든 상황을 피하고 싶어서 그저 상상을 하는 것이라는 말이다.

그러나 그게 꿈이 아니라고 누가 말할 수 있는가. 그보다 진실한 꿈은 어디 있다는 말인가. 마흔 넘은 나이에 일구는 꿈은 그렇게 몸을 달뜨게 한다. 첫 번째 꿈은 흘려보냈기에 두 번째 꿈은 더 애틋하다. 세상을 살아보고 나이를 먹고 밥벌이의 피곤함과 삶의 고단함을 겪으며 길어 올린 꿈이기에 더 애정이 간다.

예순이 가까워지는 선배가 어느 날 불쑥 이렇게 말을 한다. "꿈이나 목표 없이 살면 안 돼. 사는 게 시들해지거든. 그러면 사람도 시들기 시작하지." 잘못 들었나 싶었다. 꿈이라니, 목표라니. 육십이라는 나이로 치닫는 선배 입에서 나올 거라고는 기대하기 힘든 말이었다. 그러나 잘못 들은 게 아니었다. 꿈은 나이 하곤 상관이 없는 거구나. 그때 알았다.

그 선배는 외환위기가 오기 전에 회사를 그만 두었다. 회사가 삐걱대자 자신의 길을 찾겠다며 사표를 냈다. 마흔이 훨씬 넘어서 가족을 남겨두고 독일로 유학을 갔다. 공부를 더 해서 자신의 길을 굳게 만들겠다는 생각이었다. 외환위기가 터지고 나니 당장 돈이 문제가 됐다. 꿈은 독일에 남겨두고 몸은 한국으로 왔다. 조그만 사업으로 근근이 밥벌이를 하면서도 선배는 또 다른 변신을 노린다. 자신이 살고 싶은 삶을 찾으려는 노력이다. 그게 육십으로 치닫는 그의 꿈이고 목표다.

캠벨 이 말을 들은 아이 아버지가 자기 아내를 물끄러미 바라보면서 이러는 겁니다. "저 좋은 것만 하고 인생을 살 수는 없는 법이다. 저 좋은 것만 하고 세상을 살려고 했다가는 굶어죽어. 나를 봐! 나는 하고 싶은 일은 평생 하나도 해보지 못하고 살았어."

나는 그 친구 말을 듣고 있다가 나도 모르게, "세상에, 여기에 바비트의 화신이 있었군." 하고 중얼거렸지요. 그러니까 그 사람은 자기 천복을 한 번도 좇아보지 못하고 산 셈입니다. 천복 같은 것과는 상관없이 성공을 거두는 사람도 있겠지요. 하지만 그런 성공으로 사는 삶이 어떤 삶일까 한번 생각해보세요. 평생 하고 싶은 일은 하나도 못해보고 사는 그 따분한 인생을 한번 생각해보세요. 나는 학생들에게 늘, 너희 육신과 영혼이 가자는 대로 가거라. 이런 소리를 합니다. 일단 이런 느낌이 생기면 이 느낌에 머무는 겁니다. 그러면 어느 누구도 우리 삶을 방해하지 못합니다.

치열한 생활 속에서 길어 올린 '내 인생 두 번째 꿈'은 거창하지 않다. 그것은 꿈이라기보다는 삶에 가깝기 때문이다. 꿈은 마음을 타고 온다. 마음이 흔들거리면 몸이 뜨거워진다. 두 번째 꿈은 그림 속의 떡처럼 허망해 보이기도 하지만 이루고 싶은 욕망은 첫 번째 꿈보다 강하다. '하고 싶은 일은 하나도 해보지 못하고 살았다'는 말에 담긴 슬픔을 알기 때문이다. 지금까지 그렇게 살아왔기 때문이다.

첫 번째 꿈은 삶에 끌려 다녔다. 삶은 해보고 싶은 일도 못하게 만들었다. 두 번째 꿈은 남은 삶을 끌고 다니게 하고 싶다. 뜻대로 생각대로 한번쯤은 살아 봐야 하지 않겠는가. '하고 싶은 일은 하나도 해보지 못하고 살았다'는 말을 하고 싶지 않아서 내 인생 두 번째 꿈을 키운다. 달성할 목표가 있으면 삶이 비극적이거나 초라하지는 않을 것이다. 그 꿈에 도달하지 못하기도 할 것이다. 그러면 또 어떠랴.

생활이라는 이름의 괴물은, 밥벌이라는 이름의 괴물은, 다리 한쪽을 가져가 버렸다. 한쪽 다리를 잃어버린 사람들은 혼자 힘으로 서는 방법을 잊었다. 다리를 잃고 그 자리에 주저앉아 긴 세월을 살았다. 다리 하나로는 절대 일어서지 못하는 줄 알았다.

자동차에 한쪽 다리를 잃은 뒤 투아도 자기가 다시 일어서지 못할 줄 알았다. 의사는 말했다. 이제 다시 수영장에 가렴. 뒤 투아는 수영장으로 갔고 다시 물살을 가르고 나아갔다. 다리 하나가 없다고 수영을 못하는 것은 아니라는 사실을 알았다.

밥벌이에 한쪽 다리를 빼앗긴 사람들도 이제는 안다. 그래도 일어설 수 있다는 것을. 그래도 똑바로 설 수 있다는 것을. 그래도 꿈을 꿀 수 있다는 것을.

인생 최대의 작전, 명문대 보내기

:

임혜지 《고등어를 금하노라》

"이사 갑니다." "나 이사가." 이사들을 간다는데 그것 참 신기하다. 이사 가는 동네가 비슷비슷하다. 이사를 다니는 게 별일은 아니다. 사람이 살다 보면 이런저런 이유로 사는 곳을 옮겨 다니기 마련이다. 그런데 최근 몇 년 동안 이사를 다닌 주변 사람들의 이유는 딱 한 가지였다. 아이들 교육. 아이들의 나이는 초등학생에서부터 고등학생까지 다양하다. 다른 모든 것이 불편해도 아이들 성적에 도움이 된다면 무조건 이사를 간다. 부모의 입장은 전혀 고려의 대상이 되지 않는다. 아이의 성적 높이기만이 지상 최고의 목표다. 강력한 추진력이다. 인생의 많은 것들을 쉽게 결정하지 못하는 사람들도 아이 교육 앞에서는 단호하게 결정을 내린다.

어디로 이사를 가느냐고 물어보면 돌아오는 답은 비슷하다. 특정 지역으로, 특정 지역의 특정 동네로, 특정 지역에서 아주 가까운 외곽으로 모두 몰린다. 사람들이 이사를 가겠다고 몰리는 동네는 살기 좋은 곳임이 분명할 텐데 실제는 그렇게 보이지 않는다. 거주 환경이 좋다기보다는 교육열이 높은 지역으로 사람들이 몰리기 때문이다. 아이들 교육 때문에 이사를 가는 것이니 교육열이 높은 동네로 가는 것은 당연한 일이다. 교육열이 높다는 것은 공식적인 표현이다. 한국적으로 말하면 경쟁이 심하고, 좋은 고등학교나 대학교 진학률이 높으며, 잘 가르친다는 학원이 많다는 뜻이다.

신도시 외곽에 살던 아는 사람은 위장전입을 해서 신도시 중심 지역 고등학교로 아이를 진학시켰다. 얼마 지나서는 아예 이사를 왔다. 아이가 학교를 마치고 학원이 끝나면 밤 열두 시가 가까운데 날마다 멀리서 데리러 오기가 힘들어서 이사를 해버렸다. 또 한 사람은 "우리 아이들은 학원을 한 곳밖에 보내지 않는다. 왜 아이들을 새벽까지 학원에 보내는지 모르겠다"고 말하곤 했다. 이제 그 사람은 학군 좋은 곳으로 이사를 가서 다른 누구 못지않게 아이들을 학원에 보내고 성적을 챙긴다. 자신의 말에 이율배반적인 행동이었지만 아무런 신경도 쓰지 않는다. 오히려 학군 좋은 곳에 살고 있다는 것을 내세우기까지 한다.

나와 남편은 공부를 많이 한 편이지만 공부 덕분에 부귀영화를 누려

본 적도 없고, 또 부귀영화가 없다고 해서 불행하게 느낀 적도 없다. 그런 면에서 우리는 학력에 대한 강박관념이 적다. 그래도 그렇지 우리도 초보 부모인데 자식의 앞날이 불안하지 않을 리가 있나? 그렇지만 아이들의 성적에 참견해 아이들이 자신의 인생을 관리하는 방법을 터득할 기회를 앗을 수는 없다. 자녀 교육의 궁극적인 목적은 부모의 도움으로 잘 사는 게 아니라, 부모의 도움 없이 잘 사는 것이기에.

식구들과 텔레비전을 보는데 지리산고등학교 이야기가 나왔다. 이름 그대로 지리산에 있는 고등학교다. 전교생 60명, 교사 15명의 미니학교. 수업료는 전액 무료에 기숙사 생활을 한다. 대안교육 특성화학교로 인정받았고 기존 학교들과는 다른 교육방식으로 명성과 화제를 모았다. 함께 텔레비전을 보던 초등학생 딸아이에게 고등학교는 지리산고등학교를 가면 어떻겠냐고 농담처럼 물었다. 아이는 선뜻 좋다고 대답을 한다. 뜻밖의 대답에 잠시 혼란이 생긴다. '진짜로 보내 봐? 말아?'

아이를 대안학교에 보내고 싶다는 생각은 오래전부터 있었다. 남들보다 중뿔나게 잘나서 제도권 학교 버려 두고 대안학교를 생각한 건 아니다. 제도권 학교를 다니는 아이들에겐 뻔히 그려지는 그림이 있다. 대한민국에 살고 있는 누구나 쉽게 그릴 수 있는 그림이다. 끝없는 공부, 끝없는 경쟁. 새벽에 일어나 학교를 가고, 학교에서 저녁까지 수업을 하고, 밤에는 학원에서 또 공부를 한다. 한밤중까지 공부에 매달려 살고 날마다 밤늦게까지 학원에 끌려 다녀야 할 것이다. 목표는 단 한 가지. 좋은 대학교 가기이다. 뻔한 구도 속에서, 뻔하게 시들어 가고, 뻔하게 고통을 받을 아이의 모습이 보였다. 그렇다고 좋은 대학을 간다는 보장도 없는 게임이다. 대안학교를 간다면 그런 뻔한 구도는 피할 수 있을 것 같았다. 대안학교가 대단한 방안이 있어서 사회 구조적 문제와 아이의 삶에 답을 주지는 못할 것이다. 그러나 경쟁에 질려서 살지 않고, 제도권 학교보다는 생각의 틀을 넓힐 수 있고, 학원과 공부만이 아닌 자신만의 추억도 생겨날 것 같았다.

문제는 대학교였다. 제도권 학교에서 온갖 사교육을 받으며 공부를 해도 좋은 대학교 가기가 어려운 시대에 대안학교를 졸업해서 좋은 대학교 가기란 확률상 정말 어려울 게 뻔했다. 대안학교를 졸업하고 대학교 진학을 못한다면, 좋은 대학에 가지 못한다면, 아이는 어떤 삶을 살게 될까? 혹시 그것 때문에 힘든 일을 하며 경제적으로 어렵게 살게 되는 것은 아닐까? 온몸으로 일해도 사회 하위 계층으로 평생을 살아가는 건 아닐까? 부유하게 사는 건 차치하고라도 평생을 찌들어 살게 되지는 않을까?

그것은 두려움이었다. 모든 부모가 가지고 있는 피해갈 수 없는 두려움. 그러고 보면 색다른 생각과 소신 또는 철학이라도 있는 듯이 굴었던 나도 별것 아닌 어쩔 수 없는 인간일 따름이었다.

우리 교육의 목표는 아이들이 우리 품을 떠나기 전에 자신의 고유한 특성과 재주를 스스로 발견하도록 하는 것이다. 우리 아이들이 그간 열중해서 노는 와중에 자신이 원하는 것, 잘하는 것이 무엇인지 알아내서 계발해왔을 거라고 나는 믿는다. 내 아이들이 그렇게 중대한 과업을, 그 나이에, 자기 힘으로 이룩했다는 자신감을 안고 세상으로 걸어 나가 어렸을 때 자긍심 지수를 학교 성적에 두지 않았듯이, 커서도 행복 지수를 부귀나 영화에 두지 않는 현명하고도 소박한 인생을 살기를 기원한다.

아이의 교육과 삶을 생각할 때 최종의 목표로 삼아야 할 것은 무엇일까? 그건 아마도 행복과 만족이어야 하리라. 저 아이가 나중에 행복하게 살 수 있는 삶은 어떤 것일까? 그 삶은 어떻게 만들어질까? 어떻게 해야 그 삶으로 가는 길에 들어서게 해줄 수 있을까?

대안학교를 떠올린 것은 사람들의 사는 모습 때문이었다. 좋은 대학교를 나오고 공부 잘한다는 소리를 듣던 사람들의 사는 모습도 별 다르지 않았다. 전혀 행복해 보이지 않았고, 그래서 전혀 부럽지 않았다. 대한민국 최고의 실력으로, 유명 대학을, 우수한 성적으로 졸업해서, 모두가 가고 싶은 곳에 취직을 한, 그들의 사는 모습 또한 힘들고 고통스러워 보였다. 아니 그렇게 보이는 게 아니라 실제로 그랬다. 그럼 도대체 뭘까? 훌륭한 성적으로 좋은 대학을 나와도 삶이 다르지 않은 현실은 무어란 말인가. 그렇다면 좋은 대학은 왜 가야 하는가.

명문대를 나와 도시생활을 하다 시골에 들어가 사는 사람이 있다. 좋은 대학을 나와 좋은 직장을 다니던 그가 시골로 들어간 이유는 그것이었다. 이렇게 헉헉대면서 살려고, 그렇게 치열하게 공부를 하고 치열한 입시를 거쳐 치열한 경쟁 속에서 직장생활을 해왔다는 말인가. 최고의 성적으로 최고의 학교를 나오면, 최고로 안락한 삶이 자기의 것일 줄 알았는데 현실은 그렇지 않았다. 그렇게 산다고 한들 행복하지 않을 거라는 생각이 들었다. 이런 상태라면 평생 달리기만 하다 끝날지도 모를 일이었다. 그는 세련되고 경제적으로 여유 있고 화려한 도시생활을 버렸다. 시골에 내려온 지 10년째라는 그는 도시에서의 삶보다 몇 배는 행복하다고 말한다.

우리도 평범한 인간들일진대 각박한 경쟁 사회에 아이들을 내동댕이쳐놓고 어찌 불안하지 않았겠는가? 불안한 마음에 아이들을 닦달하고 윽박지르기도 했다. 그러나 어머니, 아버지, 할머니, 할아버지 선생님들이 한 집에 살면서 합동으로 다그쳐도 아이 하나 뜻대로 공부시키기 쉽지 않다는 것을 시댁의 사례를 통해 알고 있었다. 또 그렇게 해서 자존감과 자율성을 잃은 인생이 평생 얼마나 고단한지도 직접 보았다. 무엇보다 존재의 기쁨을 경쟁력으로 평가해 소중한 인격체를 부품으로 전락하게 할 수는 없었다. 우리가 자식을 낳아 기르는 목적은 세상에서 부리기 쉽도록 획일화된 일꾼을 양성하기 위해서가 아니다. 우리 아이들은 획일적으로 적혀 나와 아궁이에 던져져 엔진을 돌리는 연료가 아니다. 자신만의 고유한 인생을 잘 살아내기 위해 고유한 열정을 싹 틔워 올리려는 아이들의 절박한 몸짓을 모른 체해서야 되겠는가?

정답은 없다. 행복의 기준은 서로 다르기 때문이다. 누구는 30층 아파트의 꼭대기 펜트하우스에 누워 있어야 행복하다. 누구는 허름한 집에 살아도 속이 편해야 행복하다. 삶의 기준은 그렇게 여러 가지다. 아이들이 자라서 자신의 삶을 살아나갈 때 어디에서 행복을 느끼게 될지 부모로서는 알기 어렵다. 좋은 대학을 졸업시켜 아이들이 경제적으로 부유하게 살기를 바라는 마음, 경쟁구도 속에서 기약 없는 질주를 시키고 싶지 않은 마음, 두 가지 모두 부모의 마음이다.

결국 마음의 평안을 얻는 것은 많은 무리가 몰리는 곳이다. 사람들이 몰리는 곳에 자리를 잡고 있어야 마음이 편해진다. 너도 나도 학군 좋은, 좋은 대학교를 많이 간다는 곳으로 이사를 가고 그 테두리에서 튕겨져 나올까봐 노심초사 한다. 원하는 건 자신의 아이들이 명문 대학에 들어가고, 명문 대학 졸업장을 받아서 남보다 훨씬 잘사는 사람이 되는 것이다. 훨씬 나은 사람, 훨씬 된 사람이 되기를 원하는 것은 아니다. 그러기 위해서는 남보다 좋은 점수를 맞아야 한다. 고액 학원을 다니고 고액 과외를 한다. 경쟁은 경쟁을 부르고 마침표도 없는 질주를 한다.

끝도 없는 경쟁 속에서 부모는 시소를 탄다. 한쪽은 철학이 한쪽은 현실이 자리를 잡고 앉은 시소다. 살아보니 답이 무엇인지는 알 것 같은데, 이게 답이라고 자신 있게 말해 주지도 못한다. 부모는 그래서 오늘도 시소를 탄다.

3

삶의 두 번째
여행

또 한 번 산다면 멋지게 살 수 있을까?

:

켄 그림우드 《다시 한 번 리플레이》

"취업한다고 한참 면접 보러 다닐 때 말야. 그때 지금 이 회사가 아니라 무역회사 있었잖아. 요즘 잘 나가는 그 회사 말야. 그 회사로 갔어야 하는 건데, 내가 선택을 잘못해서 지금 이 모양이라니까." "그때야 그걸 알 수 있었나. 그때는 지금 이 회사가 더 좋아 보였잖아." "하긴 그렇지. 그래도 그때 어디로 갈까 꽤 고민을 하긴 했거든."

친구들과 술 한 잔 놓고 편안하게 마주 앉으면 누가 먼저 말하지 않아도 옛 이야기가 흘러나온다. 옛 이야기는 추억이기도 하고 잘했던 혹은 잘못했던 선택에 대한 이야기들이다. 선택에 대한 것이라면 아무래도 잘한 선택보다는 잘못한 선택에 대한 이야기가 많다. 그때는 몰랐지만 지금의 시점에서 돌아보면 무엇이 좋은 선택이었는지 훤히 보이기 때문이다.

"야, 그때 그 여자 생각나냐? 내가 몇 달 만나다 헤어진 약학과 여학생." "생각나지. 너하고 안 맞는다고 차 버렸잖아." "글쎄 그게 말야. 지난번에 고등학교 동창한테 들어보니까 걔가 큰 약국을 한다더라. 그때 내가 잘못한 거 같아." "그거 봐라, 인마. 헤어지지 말라니까. 그냥 있었으면 지금 편하게 셔터맨 하면서 살 거 아냐." "누가 아니라나. 속이 쓰려요."

시간은 지나갔고 선택은 이미 끝난 일들이다. 지금 와서 답이 뻔히 보인들 어떻게 할 방법이 없다. 하나의 방법이 있다면 다시 그 시점으로 돌아가 새로운 선택을 하고 새롭게 사는 것뿐이다. 불가능한 과거로의 회귀가 가능해진다면 어떻게 될까?

그렇게 다시 그 시점으로 돌아갈 수 있다면 지금 생각하는 대로 정말 잘살 수 있을까? 과거로 되돌아가서 보이는 그 답을 따라 선택한다면 정말 좋은 선택이 될 수 있을까? 그 선택은 지금보다 자신을 훨씬 유복하고 행복하게 만들어 줄까?

인생 따위 아무래도 좋았다. 제프는 할 수 있는 모든 일을 해보았고 남자로서 꿈꿀 수 있는 모든 것을 성취했다. 물질적인 성공, 낭만적인 사랑, 아버지로서의 사랑에 이르기까지 모두 완벽하게 해냈으나…… 결국 무無로 돌아가고 그는 빈손으로 무력하게 홀로 내던져

졌다. 최선을 다해 살아도 전부 물거품으로 돌아가고 마는데 도대체 무엇 때문에 시간은 이렇게 자꾸만 과거로 되돌아가는 것일까?

세월이 지나고 나이를 먹으면 사람들은 현자賢者가 된다. 세상의 모든 이치를 꿰뚫는 현자는 아니어도 최소한 자신의 인생에서는 현자가 된다. 자신이 살아온 궤적에서 무엇이 잘못되었는지 알게 되는 눈이 생긴다. 마치 천리안을 갖게 되는 것과 같은데, 아쉽게도 그 천리안은 미래를 보는 천리안이 아니라 과거를 보는 천리안이다.

자신에게 천리안이 생긴 것을 알게 되면 사람들은 수시로 뒤를 돌아본다. 그냥 돌아보는 게 아니라 아주 잘 보이는 천리안을 들이대고 세세히 들여다본다. 천리안으로 뒤를 돌아보니 멀리까지 한눈에 보인다. 멀리까지 보이면 시원하고 속이 탁 트여야 할 텐데 이건 반대다. 멀리까지 보면 볼수록 속이 답답하다.

도대체 그때 왜 그랬을까. 그때 공부를 더 했어야 하는데. 그때 유학을 갔어야 하는데. 그때 그 여자를 놓치지 말았어야 하는데. 그때 그 집을 샀어야 하는데. 그때 그 주식을 샀어야 하는데. 그때 사표를 냈어야 하는데……. 과거의 실수가 한눈에 시원하게 보일수록 속은 답답해진다.

너나 할 것 없이 삶은 실수투성이다. 공부를 열심히 해야 할 때는 책을 팽개치고 열심히 논다. 공부를 외면하고 놀기만 하다가 시간이 지나서야 후회하는 건 누구나 하고 있는 실수 중의 하나다. 열심히 놀아야 할 때는 특별하지도 않은 일에 스스로를 묶어 놓고 놀지 못한다. 시간이 지나면 역시 후회를 한다. 그때 가족들과 놀아 주었어야 하는데 이제는 그때보다 더 시간이 없다. 돈을 벌어야 할 때는 놀러 다니고 맛있는 것 먹으러 다니느라 바쁘다. 그러다 돈은 바닥이 나고 정작 필요한 때는 수중에 돈이 없다. 저쪽 회사에서 오라고 했지만 비전이 없어 보여 이쪽 회사를 택했더니 몇 년도 지나지 않아서 상황이 역전된다. 그렇게 오라고 했던 저쪽 회사에서는 불러 주지도 않고 가고 싶어도 갈 수가 없다.

누구나 살면서 끊임없이 선택을 하고 그 선택에서 생기는 실수만큼 후회를 한다. 살면서 후회를 하지 않는 사람은 없다. 실수가 없는 삶은 없기 때문이다. 배운 게 짧고 머리가 나빠서 나만 평생 헛다리를 짚고 사는 것 같지만 배운 게 차고 넘치는 사람들도 평생 헛다리 짚기는 마찬가지다. 평생의 삶을 말할 것도 없이 오늘 하루만 봐도 확연히 드러난다. 아침에 커피를 한 잔 덜 마셨어야 하는데, 점심 때 국수를 먹었더니 속이 불편하네, 결제 받으러 갈 때 넥타이를 한 번 매만졌어야 하는 건데… 실수는 그림자처럼 따라다닌다.

정말 아쉬운 것은 그런 것들을 꼭 시간이 지나서야, 적지 않은 나이가 되어서야 알게 된다는 것이다. 그리고 알게 되었을 때는 이미 결과를 되돌릴 수 없다. 그런 실수들은 작은 역사가 되어 과거로 굳어져 버렸다. 그래서 후회는 항상 늦다는 말은 언제라도 명언이다. 어떤 것들은 그 순간에 바로 무엇이 잘못되었는지 알기도 하지만 정말 인생에서 중요한 것들은 나이가 들어서야 알게 된다. 아예 모르고 지나가면 속 쓰린 일도 없을 텐데 나이가 들면 하나둘씩 생각이 난다. "아, 그게 아니었구나." 깨달음의 탄성을 내뱉은들 땅을 친들 속만 더 쓰려진다.

> 어떤 인생이든 잃는 부분이 없을 수는 없습니다. 그런 상실감을 감당해 내기까지 나 역시 정말 오랜 시간이 걸렸고, 삶이 재생될 때 잃는 부분에 대해 앞으로도 완전히 달관하진 못할 겁니다. 그렇다고 세상을 외면하거나 최선을 다하지 않고 대충대충 살아서도 안 되겠죠. 우리 몫의 삶을 살아가면서 그 안에서 보람을 찾으면 되는 겁니다.

나이 들어서 찾아오는 진한 후회는 그래서 이런 생각을 하게 한다. 만약에 지금의 깨달음을 가지고 인생을 한 번 더 살게 되면 그때는 진짜 멋진 삶을 살지 않을까?

단언컨대 절대 그렇지 않을 것이다. 모든 기억을 가지고 다시 태어난다고 해도 사람은 사람일 뿐이다. 사람은 나이에 맞는 본성이 있고 지식보다 본성에 끌린다. 아이는 공부보다 노는 게 더 좋고, 청년이 되면 미래에 대한 걱정보다 눈앞의 여자에 더 끌리게 된다. 아무리 알고 있는 게 많은들 대부분 본성을 넘어서지 못한다. 결국 모든 걸 알고 있는 사람이라도 이전의 삶과 크게 다르지 않을 것이다.

미국의 소설가인 켄 그림우드가 쓴 《다시 한 번 리플레이》는 이전의 모든 기억을 간직한 채 다시 한 번 사는 사람들의 이야기다. 소설의 주인공들은 자신의 삶에서 일정한 시간에 죽음을 맞이하고 죽음과 동시에 새로운 삶을 또 시작한다. 소설 속의 그들은 한 번만 다시 사는 게 아니라 다시 또다시 또다시 인생을 반복해서 살아간다. 주인공은 자신이 인생을 다시 살고 있다는 것을 알고는 다양한 실험을 한다. 이미 결과를 알고 있는 도박으로 떼돈을 벌고, 기업가로 살아 보기도 하고, 마약과 여자에 취해 살아 보기도 하고, 진정한 사랑을 하기도 하고, 저술가로 살기도 한다.

지난 삶에서 실수였던 것들을 모두 알고 있는 주인공들은 멋지게 살았을까? 주인공은 그렇게 많은 삶을 실험처럼 살아 보지만 역시 고통과 혼란을 겪는다. 모든 것을 알고 있다고 삶이 행복해지거나 의미 있어질 것이라고 생각하는 것은 완전한 착각일 가능성이 크다. 오히려 삶은 어떻게 살든 똑같이 허둥지둥하다가 끝나는 쪽에 더 가까워 보인다.

버나드 쇼의 유명한 묘비명은 이럴 때 아주 유용하다. '갈팡질팡하다가 내 이럴 줄 알았지.' 독설가였던 버나드 쇼에게 이것보다 더 적절한 묘비명은 없을 것이다. 웃음이 나면서도 무릎을 치게 만든다. 길고 긴, 수많은 사연이 담긴 사람의 삶을 이렇게 한마디로 축약해 낸 문구는 정말 드물다. 게다가 재미까지 있다. 많은 사람들이 그 문구 한 줄에 웃음을 터뜨리고 고개를 끄덕이는 것은 삶에 대한 예리한 통찰이 그 속에 담겨 있어서이다. 혹자는 묘비명의 해석이 잘못되었다고도 하지만 그런 지적은 슬쩍 무시하기로 하자. 때로는 필요한 것만 듣는 우둔함도 필요하다. 버나드 쇼의 묘비명은 누가 뭐라고 하든 '갈팡질팡 하다가 내 이럴 줄 알았지' 라는 문구로 믿고 싶다.

그와 패멀라가 붙잡혀 있었던 불가해한 생의 반복은 무한한 시간이 주어지는 해방이 아니라 구속이었다. 그들은 다음번에는 더 나은 선택을 할 수 있다는 착각 속에 갇혀 있었다. 리디아 랜달처럼 젊음에 대한 맹목적인 희망으로 언제든 내킬 때 삶의 방향을 선택하며 살 수 있다고 믿었다. 리디아는 "시간은 넘치도록 많으니까요."라고 말했다. 그가 패멀라에게 늘 하던 말이 그의 머릿속에서 메아리쳤다. "다음번에는…… 다음번에는……"
이제 모든 것이 달라졌다. 더 이상 '다음번' 은 없다. 오직 '이번' 이 있을 뿐이다. 방향과 결과를 전혀 짐작할 수 없는 유한한 시간이 있을 뿐. 단 한순간도 낭비하거나 당연시해서는 안된다.

나이가 들면서 사람들은 너나 할 것 없이 버릇처럼 뒤를 돌아본다. 걸어온 길이 선명하게 잘 보이기 때문이다. 때로는 걸어온 길 구석구석을 샅샅이 훑고 돌아다니면서 패배한 바둑을 복기하듯 과거를 세세히 들여다본다. 짧지 않은 인생을 돌아보면서 살아갈 날이 살아온 날과 비슷하게 남았다거나 오히려 적게 남았다고 하면서 자신이 저지른 실수들을 안타까워한다. 그때 그런 실수를 하지 않았더라면 지금 어땠을 텐데 하고 말하면서 말이다.

그런 실수들을 안타까워하는 건 이해할 수 있는 일이다. 그렇지만 그 순간 다시 하나의 실수가 시작된다. 이미 돌이킬 수 없는 과거에 매달려 마음을 상하게 하는 것이 그것이다. 만족스럽게 살았든(누가 만족스럽게 살았는지 모르지만 그런 사람을 본 기억이 없다) 불만족스럽게 살았든 누구나 삶은 후회하고 흔들리고 넘어지고 깨지면서 이어진다. 그렇지 않은 사람은 세상에 한 사람도 없을 것이다.

삶이 흔들린다고, 실수투성이라고, 갈팡질팡이라고 스스로 질책할 필요는 없다. 삶이란 그런 것이다. 나보다 먼저 살다 간 사람들도 그랬고, 지금 이 시대를 같이 살고 있는 사람들도 그렇고, 나보다 뒤에 사는 사람들도 그럴 것이다.

후회하고 질책을 하려면 차라리 과거의 실수에서 얻은 지혜로 미래를 내다보는 게 낫다. 살아온 날보다 살아갈 날들이 더 적다면서 과거에 매달려 있는 것은 어리석은 일이다. 과거의 삶이 안타깝다면 남은 삶은 안타깝지 않게 살아가는 게 올바른 선택이다. 그리고 지나간 삶에 대한 훌륭한 보상이기도 하다. '다음번'은 누구에게도 없는 시간이다. 가지고 있는 것은 '이번' 뿐이다.

중요한 선택을 해야 하는 순간에는 잠시 멈추고 한 번 더 생각을 해보자. '많은 시간이 지나서 이 선택을 어떻게 떠올리게 될까.' 물론 후회 없는 선택은 없겠지만 미래를 내다보는 선택이 모여 일생이라는 현실을 만든다. 지나간 시간이, 지나간 선택이 후회스러울수록 남아 있는 시간은 축제처럼 만들어야 한다.

끝이라고? 시작해 보지도 않았잖아

:

백경학 《효자동 구텐 백》

가족과 함께 독일로 연수를 떠난 사람이 있었다. 아무런 부족함이 없는, 나날이 즐겁고 만족스러운 생활이었다. 귀국을 앞두고 스코틀랜드 여행을 떠나기까지는 그랬다. 스코틀랜드 여행에서 그는 인생 최대의 시련을 맞는다. 예기치 못한 교통사고로 아내가 중태에 빠진 것이다. 혼수상태로 몇 달을 보낸 아내는 목숨을 보장할 수 없는 상태였다. 최악의 경우까지 생각을 하지 않을 수 없는 상황이었다. 생사를 넘나들던 아내는 왼쪽 다리를 잃고 목숨을 건진다.

장애인이 된 아내와 함께 귀국을 해서 맞닥뜨린 것은 한국의 재활병원. 열악하다 못해 황당한 실태에 입을 다물 수가 없었다. 영국과 독일의 재활병원에서 환자를 위한 최상의 시설과 최상의 서비스를 경험했던 그로서는 울화통이 터질 지경이었다. 물론 장애인에 대한 사회적 인식이나 대우가 어떻다는 것은 그다음으로 밀어놓고 말이다. 스코틀랜드에서 당한 교통사고 보상 문제는 소송이 길어지면서 사람의 진을 빼놓고 있었다. 소송이 언제 끝나고 얼마나 보상을 받을지 짐작조차 하기 어려웠다.

이런 상황에서 그는 회사를 그만둔다. 기자였던 그가 신문사를 그만두고 뛰어든 사업은 독일식으로 맥주를 직접 제조하는 맥주 전문점이었다. 그가 맥주 전문점을 하겠다고 나선 이유는 단 한 가지. 아내의 치료비를 마련하고 유럽의 재활병원처럼 진정으로 환자를 위하는 재활병원을 한국에 만들기 위한 재원을 마련하겠다는 것이다. 그는 그것을 꿈이라고 말했다. 꿈이 생겼다고 말했다. 개인의 힘으로 도대체 그게 가능한 것인지 짐작하기도 어려운 일이었다. 꿈이라고 부르기엔 너무 험난한 길이라는 것이 뻔해 보였지만 그는 그것을 꿈이라고 불렀다. 그리고 그 꿈을 실현시키기 위해 마흔이라는 나이를 앞에 두고 회사를 그만둔다. 푸르메재단의 백경학 상임이사가 그 사람이다.

하루는 입원한 아내에게 조심스럽게 말을 꺼냈다. "우리가 영국과 독일의 재활병원을 경험했잖아? 나중에 우리가 경험한 대로 환자의 부름에 늘 응답하고, 환자를 인격체로 대하는 작고 아름다운 병원을 하나 만들면 어떨까?" 아내가 화답했다. "그래요. 정말 그런 병원이 하나 있었으면 좋겠어요."

그때 내게 꿈이 생겼다. 의료진이 24시간 환자를 가족처럼 보살피는 병원. 콘크리트 빌딩에 환자가 갇혀있는 병원이 아니라 마치 내 집 같은 목조주택에서, 푸른 잔디와 오솔길을 거닐며 안정을 취할 수 있는 작은 병원을 만들어야겠다는 꿈 말이다. 나는 그 길로 우리가 살던 시내의 아파트를 팔고 일산 외곽에 토지를 구입해 목조주택을 짓기 시작했다. 성석동에 있는 푸르메마을이었다. 마을길과 집 현관을 데크로 연결했고 집 안의 문턱을 없애 휠체어가 자유롭게 다닐 수 있도록 설계했다. 나는 장애인에게 편리한 집은 비장애인에게는 더 편리하다는 것을 보여주고 싶었다.

"이제 끝났지, 뭐. 뭘 할 수 있겠어." "그렇겠지? 아마 그럴 거야. 그냥 이렇게 아등바등 살다 끝나는 거지, 뭐." 고스톱을 치고 모은 돈으로 저녁을 먹으면서 한 사람은 그렇게 말했고, 또 한사람은 맞장구를 쳤다. 끝났다는 이야기는 나이가 이렇게 먹었으니 더 무얼 하겠느냐는 말이다. 마흔을 넘어선 후배는 이제 자기도 그 정도는 아는 나이가 되었다는 듯이 말을 했다. 틀린 말도 아니었다. 간신히 자리를 유지하면서 아이를 키우고, 아이를 키우고 나면 늙어 있을 게 뻔했다. 그러면 그걸로 모든 것은 끝나 있을 것이었다. 나이를 먹어 힘도 능력도 부치기 시작하는데 무얼 더 할 수 있겠느냐는 그런 말이었다. 다른 도전을 하자니 보장도 없는 모험을 하기엔 두려움이 앞서고, 그렇다고 그냥 이렇게 살기엔 만족스럽지 않은 상황에서 적절한 말이었다.

푸르메재단의 백경학 상임이사가 그 자리에 같이 있었다면 그는 그런 말에 공감의 뜻을 보였을까? 아니면 그렇지 않다고 자리를 박차고 일어났을까? 아내가 교통사고를 당해 장애인이 되고, 재활을 위한 환경은 화가 날 정도이고, 사고 보상은 언제 어떻게 될지도 모르는, 그런 상황에서 회사를 그만두는 사람은 얼마나 될까? 아마 드물 것이다. 그런 상황에서 재활병원 건립이라는 꿈을 꾸는 사람은 또 얼마나 될까? 아마 없을 것이다. 그 어려운 일을 꿈이라고 부르는 사람은 또 얼마나 될까? 아마 전혀 없을 것이다. 그러나 그는 꿈을 향해 삶의 모든 것을 걸고 나섰다.

내 앞에 어떤 일들이 펼쳐질지 알 수 없기에 인생은 신비롭다. 무엇을 열망할 때마다, 그리고 위기의 고비마다 의인들이 줄지어 나타나 지쳐 쓰러진 나를 일으켜 세우고 다시 길을 걷게 했다.

'사람은 나이가 들어서 늙는 것이 아니라 꿈을 잃어버릴 때 늙는다'는 맥아더의 말대로라면 젊은 사람과 늙은 사람의 구분은 아주 명확하다. 꿈을 밀고 나가는 사람은 젊디젊은 것이고 꿈을 버린 사람은 늙어도 한참 늙은 것이다.

마흔을 넘긴 나이에 꿈을 말한다는 건 잘 어울리지 않는 조합이다. 얼굴에는 잔주름이 생기고 팽팽함을 잃어 가는 몸피는 사고방식마저 탄력을 잃게 한다. 체력도 하루가 다르게 변해 가면서 온몸으로 느껴지는 몸의 변화는 삶을 쪼그라들게 만든다. 그렇게 나이든 사람들에게 꿈이라는 단어는 낯설다. 젊었던 시절에는 너무나 익숙했던 그 말이 이제는 남의 다리를 만지는 것처럼 아무 감각이 없다. 나이든 사람이 "내 꿈은 말이지……" 하며 말을 꺼내는 것은 쑥스러운 일이다. 그래서 누구 하나 꿈에 대해서 말하지 않는다. 사실 꿈이 없는지도 모른다. 나이는 사람에게서 꿈을 빼앗아 버린다.

젊은 시절 꿈이라는 단어는 미래라고 하는, 눈에 보이지 않고 손에 잡히지 않는 것을 향해 나아가게 해주었다. 불확실성도 문제가 되지 않았다. 그곳에 도달할 수 있을지, 얼마나 다가설 수 있을지, 언제 어디서 넘어질지, 넘어져서 다시 일어설지, 그 길이 제대로 된 길인지, 아무것도 모르지만 그래도 꿈은 발을 옮기게 해주는 신비한 힘이었다.

지금은 나이 든, 옛날의 젊은이였던 사람들은 이제 꿈을 꾸지 않는다. 꿈을 꾸기에는 너무 늦은 나이라고 생각해서다. 마흔은 가정이나 사회나 직장에서 한참 힘들어지는 시기다. 그런 그들에게 꿈이라는 것은 존재하지 않는다. 꿈을 담아 놓을 공간조차 없다. 그들이 가지고 있는 공간에는 그들의 것이 아닌 다른 것들로 가득하다.

무엇보다 가정을 꾸려 나가야 하는 의무감이 공간을 가득 채우고 있다. 가족부양의 의무감은 모든 것을 지배한다. 어느 나이의 남자든 가족부양이라는 의무감에서 벗어나기는 힘들지만 40대는 그 무게가 가장 커지는 시기다. 공간을 채우는 또 다른 것은 직장과 사회에서의 역할이다. 원했든 원하지 않았든 주어진 역할을 모른 체하고 살기는 힘들다. 나이도 커다란 자리를 차지한다. 해가 지나가면서 나이는 자꾸 많아지지만 할 일은 늘어나고 해놓은 일은 적어진다. 마음이 무거워질 수밖에 없다. 그것만으로도 이미 버거운데 공간 속에는 수많은 것들이 차곡차곡 쌓여 있다. 그것들을 끌어안고 달리다 보면 곧 50대가 다가온다는 것을 안다. 그 힘든 달리기의 끝에 어떤 달콤한 것이 없다는 것도 너무 잘 안다. 그렇지만 달려야 하고 달리는 것밖에 다른 방법이 있지도 않다. 당장 달려야 하기에 꿈은 너무 멀어 보인다.

'너무 멀리 왔다'는 말은 이런 경우에 쓰는 말처럼 보인다. 꿈을 꾸기에는, 꿈을 힘의 원천으로 삼기에는 너무 멀리 온 나이. 그러나 너무 멀리 왔다고 하기에는 너무 젊은 나이가 40대이기도 하다. 마흔을 넘어섰다고 해봐야 자신이 살아가야 할 인생의 중간을 살고 있을 뿐이다. 그런 나이에 '너무 멀리 왔다'는 말은 적절하지 않다. '사람은 나이가 들어서 늙는 것이 아니라 꿈을 잃어버릴 때 늙는다'는 말에 흠칫 놀라는 것은 그들이 아직 꿈을 버리지 못하고 있어서이다.

나는 푸르메병원이 건립될 때까지 쉬지 않고 달릴 생각이다. 병원 건

립의 꿈이 이루어지면 건강하고 곱게 늙어서 병원을 찾은 손님들을 안내하고 병원 정원에 예쁜 꽃들을 심는 봉사활동을 하고 싶다. 하느님께서 내 아내에게 죽을 듯한 고통을 주시고, 그 고통 속에서 다시금 희망을 찾게 하신 것은 아마도 내가 꿈꾸고 있는 그 길을 걷게 하려 하심이 아니었을까.

"우리 이제 끝난걸까?" "바보, 아직 시작도 안했잖아." 신지가 묻고 마사루가 대답한다. 신지와 마사루는 삶 속에서 패배를 겪고 자신들이 다닌 학교의 운동장에서 자전거를 함께 탄다. 자전거는 흔들거리며 시계 반대방향으로 돈다. 흔들거리는 자전거 위에서 신지가 묻는다. "우리 이제 끝난 걸까?" 궁금함과 두려움이다. 마사루는 대답한다. "바보, 아직 시작도 안했잖아." 희망이다. 키타노 다케시 감독은 영화 〈키즈 리턴〉에서 희망을 길어 올린다. 자신들이 걷던 길에서 처절하게 내동댕이쳐진 주인공들. 다시 일어서기도 힘들 것 같은 그들은 삶을 키우던 곳으로 돌아와 다시 미래의 삶을 내다본다.

나이 든 남자는 가끔 스스로에게 묻는다. "이제 끝난 걸까?" 꿈은 흔적도 없이 사라지고 생활만 남은 삶은 모든 것이 끝난 듯 보인다. 아쉽지만 안타깝지만 이제 끝난 것 같다는 생각이 앞선다. 나이는 들었지만 아직도 젊은 그들은 그래도 아쉬워 자꾸 되묻는다. "이제 끝난 걸까? 정말 그런 걸까?"

꿈은 어느 나이나 어느 누구에게나 진행형이다. 너무 멀리 온 나이는 없다. 잊어버리고 모른 체하면서 살아왔을 뿐이다. 잊어버린 꿈을 깨워 먼지를 털어내면 꿈은 다시 꿈틀거린다. 평균수명 80세 시대에 남은 삶을 끌어 갈 꿈이다. 어느 '나이 든 소년'이 의문을 품고 물어보면 이렇게 답해야 한다. "끝이라고? 시작해 보지도 않았잖아."

떠나라, 파티가 시작된다

:

허민 《낭만 바이크》

새벽 다섯 시. 눈을 뜨니 어둠이 먼저 눈에 들어왔다. 주섬주섬 옷을 입고 어젯밤에 꾸려 놓은 배낭을 둘러멘다. 문을 열고 나서니 12월의 바람이 차갑게 다가왔다. 택시를 타고 급하게 달려간 기차역에서 자리에 앉자마자 기차는 출발했다. 왜 이 새벽에 길을 나서는지 누가 묻는다면 딱 부러지게 내세울 이유는 없다. 스스로에게도 왜 이 여행을 떠나는지 내세울 만한 이유를 찾지 못했다. 분명한 것은 한 가지, 그저 가보고 싶었다. 그저 잠시 떠나고 싶었다. 남도는 나를 기다리지 않았겠지만 나는 남도를 기다렸다.

쏟아지는 일에 종종걸음을 치다 잠시 한숨을 고를 때, 숨 쉴 공간조차 마땅치 않은 도시에서 간신히 숨을 몰아쉬며 생계를 이어가는 일에 지칠 때, 술을 마시고 늦은 밤 급한 마음으로 버스를 향해 달릴 때, 문득 문득 떠나고 싶었다. 떠나고 싶다고 아무 때나 떠날 수 있다면 애초부터 목마름은 없었을 터. 떠나지 못하는 현실은 목마름을 산처럼 쌓아 놓았고, 그 목마름에 물 한 방울을 뿌려 주지 않는다면 몸과 마음은 심한 가뭄 때의 논처럼 갈라져 버릴 기세였다. 아예 농사가 힘들 정도로 논이 갈라지기 전에 물을 뿌려 주어야 했다. 그러려면 떠나야 했다. 그래서 떠났다.

괴테가 이탈리아 여행을 떠난 것은 서른일곱 살이었던 1786년 이었다. 뛰어난 문재를 발휘하다 10년 동안 고위 공직자 생활을 하던 괴테는 자신의 상상력을 틀어막고 있던 숨 막히는 일상으로부터의 탈출을 원했다. 그래서 선택한 것이 이탈리아 여행이었다.

숨 막히는 일상은 괴테만 가지고 있는 것은 아니다. 나도 그렇고 옆집 아저씨도 그렇고 옆집의 옆집 아저씨도 일상이 숨 막히기는 마찬가지다. 그럴 때 괴테만 훌쩍 떠날 수 있는 것도 아니다. 나도 너도 옆집 아저씨도 훌쩍 떠날 수 있다. 그래서 괴테처럼 떠나려 했지만 나는 괴테가 아니었다. 괴테는 관직을 팽개칠 용기가 있고, 그래도 먹고 살 걱정이 없는 좋은 팔자였는지 1년 9개월 동안 이탈리아 전역을 돌아다녔다. 나나 옆집 아저씨는 그럴만한 용기도 없고 그럴만한 팔자도 안 된다(혹시 잘못 알고 있는 거라면 옆집 아저씨에게 미안하다. 보기에는 그렇게 보이더라). 그래서 하루나 이틀의 휴가를 낼 수밖에 없었고, 짧은 기간이나마 나름대로는 훌쩍 떠난 것이다.

넥타이를 매고 다니는 이 땅의 많은 남자들이 거의 그렇듯, 오래도록 그다지 이기적이지 못한 삶을 살아왔고, 또 그래야만 하는 줄 알았고, 그로 인해 지금 심신이 병들어가는 느낌입니다. 중년의 제가 앓고 있는 그 병은 저 자신을 위해서는 떠날 수도, 머물 수도 없는 그런 병입니다. 지금 여기서 모든 것을 접고 떠나는 것이 위험한 도전임을 알지만, 그런데도 남미로 가겠다는 이유는 숨통을 조이는 현실에서 벗어나 바람을 맞고 싶어서입니다.

대흥사로 들어가는 길은 낭만가도였다. 부드럽게 굽어 있는 한적한 길을 온갖 나무들이 감싸고 있었다. 초겨울의 날씨는 꽤 쌀쌀했지만 대흥사 길은 쌀쌀한 날씨를 훌쩍 뛰어넘는 매력이 가득했다. 윤선도의 고택인 녹우당의 처마와 기와는 대흥사 길에 못지않은 정취가 넘쳤고 고택 곳곳으로 이어지는 고샅은 마음을 푸근하게 이끄는 정겨움이 있었다. 기차에 올라타기 전까지도 망설였던 갈등을 한순간에 풀어 주는 풍경들이었다.

다시 버스를 타고 간 곳은 땅끝. 버스에서 내려서니 바로 옆이 포구였다. 여행객에게 말을 건네는 듯한 작은 포구에서는 배 몇 척이 몸을 흔들었다. 잔잔하게 물결치는 바닷물을 마주 보고 한참을 서 있었다. 그 먼 거리를 달려 이곳에 왜 오고 싶었을까? 땅끝이란 곳이 나에게 어떤 의미가 있는 것일까? 의미는 무슨 의미. 어떤 의미도, 아무 이유도 없었다. 의미가 있다면 하나, 땅끝이라는 지명이 갖는 느낌 때문이었으리라.

할 수 있는 게 자꾸만 적어지는 나이. 하루 종일 책상 앞에 앉아 엉덩이를 비벼대다가 척추측만증이 걱정된다는 이유로 이리저리 돌아다니다 다시 돌아와 주저앉던 날들. 이리 둘러보고 저리 둘러봐도 마음대로 할 수 있는 것은 거의 없었다. 사방이 막힌 듯 하던 답답함. 그 답답함이 땅끝으로 끌고 왔다는 게 맞다. 땅끝에 서면 세상의 끝에서 무언가를 다시 시작하는 것 같을 것이란 느낌이 이 자리에 서게 했다. 그래서 땅끝이라는 이름에 끌렸고, 그래서 이곳에 섰다.

흙을 밟고는 더 이상 갈 곳이 없는 자리. 땅의 이름으로는 더 이상 달려갈 수 없는 자리. 땅의 끝에 다다른 그곳에서는 새로운 것이 시작되는 상징이 있으리라는 막연한 기대감을 갖고 왔지만 땅끝은 그냥 땅끝일 뿐이었다. 바다는 새로운 시작을 말하고 있지만 땅은 그 자리에서 더 달리지 못했다. 매일 의자에 앉아 있느라 달리는 것을 잊어버린 마흔의 남자처럼 주저앉아 바다만 바라보고 있었다.

그런데 마흔 살이 넘어가면서, 삶이 바쁘고 일이 많아질수록 자꾸 초조해졌다. 어떤 술자리건 자리를 접을 때쯤이면 '나 여기 왜 이러고 있지?' 하는 생각이 울렁이며 폭우처럼 퍼붓는 비애감을 주체할 수 없었다. 그때부터 떠나야 한다고, 떠나고 싶다고 잠결에도 중얼거리곤 했다. 아무도 이해하지 못할, 심지어는 나 자신조차도 이해하기 힘든 그런 바람이 내 가슴속에 설렁설렁 불고 있었던 것이다.

영화 '모터사이클 다이어리'에서 체 게바라에게 언제 고장 날지 모르는 낡은 오토바이 포데로사 노턴 500을 끌고 길을 떠나자고 권유하는 친구 알베르토는 카페에서 졸고 있던 무기력한 중년 남자를 가리키며 이렇게 말했다. "너 저렇게 끝날래?"

마흔의 남자가 홀로 떠난 여행은 자유라는 선물이었다. 그리고 작은 도전이었다. 이리저리 다니다가 버스 시간이 맞지 않으면 길을 따라 걸었다. 어디까지 가야 하는지, 어디로 길이 이어지는지 몰라도 길을 따라 걸었다. 누구의 말도 듣지 않고, 누가 시키는 대로 하지도 않고, 홀로 타박타박 걷다 보니 발걸음이 가벼웠다. 걷다가 버스가 오면 손을 들어 버스를 타고 버스가 오지 않으면 손을 들어 지나가는 차를 세웠다. 세상에나, 홀로 걷는 남자를 태워 주는 차가 그렇게 많을지는 몰랐다. 승용차도 트럭도 스스럼없이 차를 태워 주었다. 다니는 차가 많지도 않았지만 열 대를 넘기기 전에 차를 얻어 탈 수 있었다.

정해진 목적지가 없으니 급할 일도 없었고 길을 가다가 이정표를 보고 갈 곳을 정하기도 했다. 홀로 다닌다는 것은 외로운 일이었지만 즐거운 일이었고 신나는 일이었다. 이렇게 내 마음대로 결정을 하고 내 마음대로 다니고 내 마음대로 머물고 하던 게 언제였는지 기억조차 가물거렸다.

저녁엔 그럴듯한 식당에 들어가 한정식을 시켰다. 혼자 먹는 밥이지만 남의 눈치를 보듯이 쫓기면서 먹고 싶지 않았다. 저녁상에 1인분은 준비가 안 된다는 말에 아침용 밥상을 달라고 했다. 혼자 먹기에는 너무 많은 반찬을 앞에 놓고 천천히 밥을 먹었다. 혼자 먹는 밥도 충분히 맛있고 좋았다. 아무 생각도 하지 않았다. 그저 맛있게 먹을 뿐. 그저 여행을 할 뿐. 그저 혼자일 뿐. 그것뿐이었다. 그것은 여행이었고 자유였고 선물이었다. 그리고 무엇보다 나만을 위한 작은 파티였다.

갑자기 내 눈에서 눈물이 주르륵 흘러내리기 시작했다. 조용히 소리 없이 흐르던 눈물은 기어이 내 어깨까지 들썩이게 만들었고, 그렇게 격한 슬픔과 아픔 속에 빠져든 나는 서서히 땅바닥을 구르며 꺼이꺼이 통곡을 하기 시작했다. 하늘 아래 오직 나 혼자뿐인 심정이었다. 맘 놓고 소리 지르며, 마치 살면서 쏟을 눈물을 한꺼번에 다 쏟아놓을 놈처럼, 상처 입은 짐승처럼 고통스러워하며 목이 쉬도록 울었다.

짧지만 긴, 파티 같은 여행이 이루어진 것은 쉽지 않은 일이었다. 한 달도 일주일도 아닌 2박3일. 그 길지 않은 여행을 떠나기 위해서 두 달이 넘게 아내와 이야기를 나누었다. 아내는 이해하지 못했지만 나는 꼭 가고 싶었다. 작은 저항이었다. '나를 좀 놓아다오. 그래봐야 2박3일이다.' 그렇게 얻어낸 2박3일이었다. 그것은 여행이고 휴가였지만 한편으로는 마흔을 사는 남자의 몸부림이었다. 잠깐만이라도 홀로 돌아보고 싶다는, 내가 가지고 있는 모든 자리를 한번쯤 떠나보고 싶다는, 마음속 깊은 곳에서 끌어낸 떠남이었다.

남도여행에서 돌아오는 기차 안. 창밖에는 폭설이 내리고 있었다. 점심때부터 세차게 쏟아지던 눈은 기세를 멈추지 않고 세상을 하얗게 덮어 갔다. 의자를 뒤로 눕히고 느긋하게 쏟아지는 눈을 즐기던 그날은 잊기 어렵다. 폭설은 남자의 떠남을 제법 그럴듯하게 마무리해 주고 있었다.

짧은 남도 여행에서 스님들 같은 깨달음을 얻지는 못했다. 원효대사는 해골에 담겨 있는 물 한 모금을 마신 그 하룻밤에 깨달음을 얻고 삶의 행로를 바꿨다. 그러나 나는 며칠의 여행에서 삶을 바꿀 만한 사람은 아니다. 외계인이 되어 돌아오거나 인생이 바뀌지도 않았다. 당연히 그런 것은 없다. 그런 깨달음이 있다고 한들 그 깨달음을 얻으려 간 것도 아니었다. 그저 떠나 보고 싶었고 그저 떠났다가 돌아왔다. 푸른 나무처럼 젊었던 시절같이 자유로운 며칠을 누려 보고 싶었다. 잘 놀고 왔을 뿐이다. 즐겁게 혹은 신나게 혹은 외롭게 말이다. 한 가지 깨우친 게 있다면 생각했던 것보다 훨씬 좋더라는 것이다. 자유로웠고 짜릿했다. 그걸로 충분했다.

그리고 그게 출발점이 되었다. 어렵게 떠난 나 홀로 여행 뒤에 '환경이 허락하는 한도에서 하고 싶은 대로 해보자'는 생각이 들었다. 나만을 위한 파티, 나를 위한 공간, 나를 돌아보는 시간을 가지고 싶었다. 그 짧은 여행은 작은 변화를 가져왔다. 자유롭고 불량한 아저씨에 대한 욕구가 물씬 피어올랐다. 불량 아저씨는 그래서 해마다 아내와 아이를 팽개치고(?) 떠난다. 하루일 때도 있고 1박2일일 때도 있고 2박3일일 때도 있지만 그 자유로운 여행 속에 가득한 쓸쓸함과 달콤함과 불량스러움을 잊지 못해 해마다 떠난다.

도시에서 무엇인가를 만들어내는 것은 나의 자유에 힘을 주고 꿈을 찾기 위한 준비일 뿐, 좋은 집에 누워 있기 위한 것은 아니다. 축적하기 위해 삶과 영혼을 저당 잡히지는 말자고 되뇌었다. 내일이면 내 인생에서 가장 길었고 가장 위험할 수도 있었던 일탈을 끝내고 도시로 돌아가겠지만, 의미도 모른 채 침잠하기 위해 돌아가는 것은 결코 아니다. 나의 삶을 살 것이고, 언제든지 또다시 길을 떠날 것이다.

삶은 스스로 행복해지지 않는다

:

알랭 드 보통 《불안》

흔히들 이렇게 말한다. 좋은 날이 오겠지. 내년에는 좋은 일이 생길 거야. 한 후배는 20대 때부터 그렇게 말하곤 했다. 형, 다음 달에는 좋은 일이 생기겠지? 형, 내년에는 좋은 일이 생기겠지? 그 놈은 마흔이 넘어서도 전화를 하면 그렇게 말한다. 형, 뭐 좋은 일이 생겨야 할 텐데……. 항상 불안한 말투, 항상 쫓기는 말투다. 말만 들어 보면 사는 형편이 무척이나 안 좋은 것으로 생각하기 쉽다. 그런데 그 놈은 젊었을 때나 지금이나 그리 나쁘지 않으면서도 그렇게 말한다. 나쁘기는커녕 남들보다 오히려 환경이 좋은 편이다. 부유한 부모 아래서 유복하게 자란 덕분에 남들은 밥을 굶기도 하던 대학교 시절에 구경하기도 힘든 수표를 들고 다녔다. 학교를 졸업하고는 나름대로 고생을 했지만 지금은 벌어 놓은 돈이 적지 않다. 수입도 만만치 않아 생활하기에 불편하지도 않다. 그런데도 버릇처럼 말한다. 뭐 좋은 일이 생겨야 할 텐데⋯⋯. 20년을 그렇게 살아왔다.

좋은 일이 생겼으면 하는 기대는 희망이라는 이름으로 바뀌어 우리 주변을 떠돈다. 주변을 떠돌던 그 희망이라는 이름은 생활에 지쳐 한 발짝도 움직이기 싫은 우리를 끌고 가기도 한다. 가끔씩 말이다. 그렇지만 우리가 끌려가듯 움직이는 것은 그때 잠깐뿐이다. 시간이 지나서 돌아보면 삶은 여전히 거기서 거기다. 희망은 듣기 좋은 이름으로만 존재하는 것이다. 우리를 속이는 것이다.

언제 한 번이고 좋은 날이 온 적이 있던가. 삶은 행복해지지 않는다. 이건 만고불변의 진리다. 행복해지지 않는데도 언젠가 행복해질 것이라 여기고 사는 것도 참 답답한 일이다. 생각해 보라. 삶이 생각처럼 행복해진 적이 있는가. 삶은 절대 스스로 행복해지지 않는다.

실제적 궁핍은 급격하게 줄어들었지만, 역설적이게도 궁핍감과 궁핍에 대한 공포는 사라지지 않았고 외려 늘어나기까지 했다. 중세유럽에서 변덕스러운 땅을 경작하던 조상은 도저히 상상도 하지 못할 부와 가능성의 축복을 받은 사람들이 놀랍게도 자신이 모자란 존재이고 자신의 소유도 충분치 못하다는 느낌에 시달리게 된 것이다.

"마흔이 되면 아마……." 취직 고민이 세상의 거의 모든 고민이었던 대학교 졸업반 시절, 친구들과 술 한 잔을 나누면 가끔 나오는 이야기가 '마흔이 되면……' 이었다. 이미 취직을 해서 출근을 앞두고 있는 친구와 아직 취직을 못한 친구들이 뒤섞여 술값 걱정을 하면서 미래를 그려 보고 예측해 보곤 했다. 쉰이라는 나이는 그 당시에 떠올리기에는 너무 먼 시기였고 '너무 늙은' 나이여서 생각하기 싫었다. 마흔도 '늙은 나이' 이기는 마찬가지였지만 대충 가늠이 되는 나이였고 적당히 당시의 현실에서 이어지는 연장선상의 시기로 여겨졌다.

여러 친구들이 내놓은 추측과 기대는 많은 것들이 공통적이었다. '마흔이 되면 아마……' 안정적으로 살고 있을 것이란 추측이 대부분이었다. 직장에서는 아주 높지는 않아도 일정한 위치에 올라가 있을 것이었다. 남들이 보기에 괜찮은 회사에서 나름대로의 지위를 갖고 부하 직원들도 꽤나 있는 부서를 하나쯤은 맡고 있을 터였다.

우리는 술을 마시다 서로의 얼굴을 보며 앞으로 올 미래의 자리에 이미 가 있는 듯 겸연쩍으면서도 뿌듯한 미소를 지었다. 집은 아파트에서 살고 있으리라. 그것도 기분 좋은 상상이었다. 그 당시에 아파트는 확실한 중산층이나 어느 정도 형편이 되는 사람들이 사는 거주지였다. 벌집이라고 부르는 쪽방에서 자취를 하던 우리에게 아파트라는 공간은 상상만으로도 기분이 좋았다. 갇힌 공간이고 층층이 쌓여 있는 주거 형태가 마음에 들지는 않았지만 나쁘지 않았다. 아파트에 살고 있을 때는 다들 결혼을 해서 아이들은 둘이나 셋 정도 있을 것이었다.

종합적으로 그림을 완성해 보면 그럴듯한 직장에 다니면서 어느 정도 위치를 가지고 현모양처와 아이들과 함께 아파트에서 '편하게 잘' 살고 있는 게 우리들의 '마흔이 되면 아마……'의 모습이었다. 그 그림 위에서 삶은 안정적이고 풍족하며 티 없이 맑은 가을하늘 같을 것이었다.

우리는 적은 것을 기대하면 적은 것으로 행복할 수도 있다. 반면 모든 것을 기대하도록 학습을 받으면 많은 것을 가지고 비참할 수도 있다. …(중략)… 우리는 조상보다 훨씬 더 많은 것을 기대한다. 그 대가는 우리가 현재의 모습과 달라질 수 있는데도 실제로는 달라지지 못하는데서 오는 끊임없는 불안이다.

마흔을 넘겨 40대라는 시기를 현실로 살아온 지금, 막연한 그림을 그리던 그 때를 생각해 보면 현실은 역시 이상과는 달랐다. 함께 같은 상상을 했던 친구들은 지금 이구동성으로 이렇게 말한다. "이럴 줄 몰랐다."

마냥 편하고 안정적일 줄 알았던 삶은 20대 때와 다르지 않게 흔들렸다. 이건 예상하지 못했던 부분이다. 직장은 가지고 있지만 직장생활이 언제 추억으로 바뀔지 모르는 시대가 되었다. 평생직장은 꿈보다 더 어려운 현실로 변했다. 불경기 때마다 구조조정이니 뭐니 하면서 뒤웅박 구르듯 몇 번 이리저리 굴러다니는 경험을 한 뒤로는 모든 것이 불안해졌다. 중산층의 상징이었던 아파트에 살고는 있지만 빚 때문에 잠자리가 편치 않다. 억대가 넘는 빚을 지는 바람에 거실과 안방은 내가 주인이지만 작은방과 주방은 은행이 주인이다. 이상형이었던 현모양처는 지구상에서 거의 멸종위기이며 이제는 책에서도 잘 나오지 않는 단어가 되어 버렸다. 눈에 넣어도 아프지 않을 아이들은 사교육 때문에 허리가 부러지게 만드는 돈 먹는 하마가 됐다. 삶이라는 것 자체가 불안의 덩어리로 변해 버렸다.

나이가 들면 안정적으로 살고 어느 정도의 부유함도 누리고 살 줄 알았지만 나이가 들수록 삶은 더 힘들어졌다. 삶은 때가 되면 스스로 행복해지는 줄 알았던 게 착각이었다. 그래서 나이를 먹고 모인 친구들은 이렇게 말한다. "정말 이럴 줄 몰랐다."

삶은 우리에게 배신자였다. 젊은 시절에는 그럴듯한 그림을 보여 주면서 현혹했다. 그 그림의 채색이 완성되기를 기대하면서 묵묵히 세월을 따라 걸었지만 그림은 여전히 완성되지 않았다.

이제는 대충 가늠이 된다. 여태껏 그려 보려고 했던 그림들이 가능한 것인지 아니면 전혀 불가능한 것인지 가늠이 된다. 마흔을 넘긴 현실의 눈으로 젊은 시절 그렸던 그림을 꺼내서 펼쳐 보면 형편없는 미완성 수채화다. 그림은 몇 군데만 군데군데 색칠이 되어 있다. 나머지 부분은 그냥 종이로 남아 있거나 색을 칠하다 말았다. 밑그림조차 그려 있지 않은 부분도 제법 된다. 그냥 찢어 버리자니 가슴이 아프고 그대로 그림을 완성해 보자니 엄두가 나지 않는다. 마흔을 넘겨서 보는 삶은 그런 모습이다. 가지고 있던 기대는 스르르 무너져 내리고 새로운 희망은 떠오르지 않는, 이것도 저것도 아닌 삶, 그리고 시간.

마흔에 느끼는 삶은 아이가 즐겨 하는 매직아이와 비슷하기도 하다. 몽롱하게 보면 밑바닥에 숨겨 놓은 무엇인가가 뚜렷하게 형체를 드러내지만 정색하고 또렷하게 보면 아무것도 보이지 않는다. 풍족하고 평안한 삶은 자취를 감췄다. 상상 속에서 즐겁게 그렸던 삶은 존재하지 않는 것이었다. 그것은 마치 용과 같다. 분명히 모든 사람이 그 모습을 알고 있고, 그려 보라고 하면 누구나 그릴 수는 있지만 현실에는 존재하지 않는다.

우리는 어떤 것을 이루고 소유하면 지속적인 만족이 보장될 것이라고 믿고 싶어 한다. 행복의 가파른 절벽을 다 기어 올라가면 넓고 높은 고원에서 계속 살게 될 것이라고 상상하고 싶어 한다. 정상에 오르면 곧 불안과 욕망이 뒤엉키는 새로운 저지대로 다시 내려가야 한다고 말해주는 사람은 드물다.

인생은 하나의 불안을 다른 불안으로 대체하고, 하나의 욕망을 다른 욕망으로 대체하는 과정으로 보인다. 그렇다고 불안을 극복하거나 욕망을 채우려고 노력하지 말아야 한다는 이야기는 아니다. 노력은 하더라도 우리의 목표들이 약속하는 수준의 불안 해소와 평안에 이를 수 없다는 것쯤은 알고 있어야 한다는 뜻이다.

존재하지 않는 용은 파랑새와 같다. 파랑새는 마치 산을 하나 넘으면 있을 것 같지만 어느 곳에도 파랑새는 없다. 혹시 하는 생각에 몇 개의 산을 더 넘거나, 산을 넘느라고 평생의 시간을 다 쓰기도 하지만 파랑새는 어디에서도 찾을 수 없다. 파랑새가 어디에도 없다는 것은 누구나 알고 있다고 생각하지만 막상 파랑새을 찾아다니는 사람은 그것을 잊어버린다. 그래서 파랑새는 영원불멸의 불사조 같은 존재로 남는다.

원하는 삶을 이루지 못하는 불안감은 어느 누구나 마찬가지다. 젊어서 그렸던 풍족하고 가을하늘처럼 티 하나 없을 것 같은 삶은 동네 사진관에 걸려 있는 가족사진과 같다. 진열장에 걸려 있는 가족사진 속의 사람들은 세상의 모든 행복을 가진 듯한 얼굴이지만 그것은 사진 속에서만 그렇다. 사진 속의 표정대로라면 화기애애하게 영원히 행복하게 살았겠지만 사는 게 그렇지 않다는 것은 서로 아는 일이다. 개개인의 삶도 자신이 그린 그림대로 풀려 나가지는 않는다. 그래서 우리는 말하곤 한다. 이럴 줄 몰랐다고.

암에 걸렸다가 병마를 이겨낸 어느 의사는 암을 친구처럼 여기라고 말한다. 암을 친한 친구나 손님처럼 여기고 잘 대접하면서 살아가라는 것이다. 대화하고 다독거리면서 살다 보면 암이 몸의 일부처럼 되어 역작용이 덜 일어난다고 한다. 삶의 불안도 이렇게 대접해야 한다. 암처럼 불안도 잘 없어지지 않는 게 특징이다. 지금보다 돈이 더 많아지면 불안이 없어질까? 나이가 더 많아지면 삶이 원하는 그림대로 완성되어 있을까? 그렇지 않을 것이다. 돈이 많아도, 돈이 없어도, 나이가 어려도, 나이가 많아도 삶의 불안은 없어지지 않는다. 어느 경우에도 없어지지 않고 존재한다면 그것은 불안이 아니다. 그것은 삶 자체라고 해야 한다. 무언가 잘못된 것이 아니라 그게 제대로 된 것이라는 말이다. 그렇다면 불안을 친구처럼 여기고 살아가는 것을 당연하게 여겨야 한다.

이제 지상의 성취는 다른 세계에서 실현해야 하는 일의 서곡이 아니라, 자신의 모든 것의 총합이 된다. 삶은 불가피하게 고난일 수밖에 없다는 확고한 믿음은 수백 년 동안 인류의 중요한 자산이었으며, 울화로 치닫는 마음을 막아 주는 보루였다. 그러나 이 믿음은 근대적 세계관이 배양한 기대 때문에 잔인하게 훼손되었다.

지나친 또는 끊임없는 욕망은 불안을 부른다. 삶에 속았다고 여기게 만든다. 젊어서 그린 그림 속에 어떤 것이 남아 있고 어떤 것이 지워졌는지 이제는 알 나이가 되었다. 내가 그린 그림 속에 존재하기 어려운 것들은 떠나보내고 새로운 것을 받아들여 다시 그림을 그려야 한다. 그림 속의 어느 부분이 비어 있다고 아쉬워 할 이유도 없다. 그림 속의 한 부분을 여백으로 남겨 두어도 그림은 나름대로 작품이 된다. 동양화는 여백의 미가 더 뛰어나다. 그리고 이제는 그 여백의 미가 얼마나 아름다운지, 여백의 미가 주는 맛과 멋이 어떤 것인지 충분히 알 수 있는 나이이다. 세상의 모든 작품은 그렇게 완성이 되는 것이고, 세상의 모든 삶은 그렇게 하나의 작품이 된다. 삶은 하나의 작품이고 우리는 지금 작품을 만들어 가고 있는 중이다.

욕하면 지는 거다

⋮

데일 카네기 《카네기 인간관계론》

"내 평생 그런 인간은 처음이라니까." 얼굴을 보니 수심이 가득하다. 그러더니 이내 술자리에서 단순히 내뱉는 뒷담화보다 강도가 높은 발언이 쏟아진다. 거의 욕이다. '그놈' 때문에 하루하루가 괴롭다는 그는 술을 마시든 안 마시든 입에 '그놈'에 대한 비판을 입에 달고 산다. 그러다 보니 다른 말을 할 때도 습관처럼 그런 말투가 입에 붙어 버렸다. 표정은 또 어떤가. 무표정과 찡그림의 중간이 고유의 얼굴처럼 되어 버렸다. 남을 욕하느라 자기가 더 괴로워졌다. 손해가 이만저만이 아니다. 이런 경우 이런 말이 제격이다. '욕하면 지는 거다.'

"나는 30년 전에 타인을 비난하는 것은 어리석은 짓이라는 것을 배웠다. 나는 하나님이 평등하게 지능의 선물을 나누어 주지 않았다는 사실을 한탄하지 않고 나 자신의 한계를 극복하는 데 많은 노력을 기울였다." 워너메이커는 젊어서 이러한 교훈을 깨달았지만, 나는 한참 후에야 사람들이 아무리 잘못을 저질러도 100명 중 99명은 자신을 비난하지 않는다는 사실을 어렴풋이 알게 되었다. 그때까지 나는 이 세상에서 많은 실수를 저질렀다.

비판이란 쓸데없는 짓이다. 왜냐하면 비판은 인간을 방어적 입장에 서게 하고 대개 그 사람으로 하여금 자신을 정당화되도록 안간힘을 쓰게 만들기 때문이다. 비판이란 위험한 것이다. 왜냐하면 그것은 한 인간의 소중한 자존심에 상처를 입히고, 그의 자존심에 손상을 주고 원한을 불러일으키기 때문이다.

출근을 하다 '그놈'을 만나면 인상이 구겨진다. 일을 하다가 '그놈'이 스쳐 지나가기만 해도 기분이 좋지 않다. 업무 때문에 얼굴을 맞대기라도 해야 할 때는 최악이다. '그놈'은 누구일까? 미운 놈이다. 어느 직장에 다니는 어느 누구라도 마음속에 '그놈'이 하나씩은 있다. 하나만 있으면 그나마 괜찮은 편이다. 몇 명이나 되는 '그놈'을 마음에 담고 살기도 한다.

미움이라는 감정은 상황에 따라 무게와 뉘앙스가 다르다. 사랑하는 사람들 간에는 "미워"라는 말이 애틋함과 아쉬움이지만 인간관계에서는 웬수이면서 고통의 근원이다. 지구촌 인구가 60억 명이라면 아마 59억 9999만 명 정도는 '그놈' 때문에 기분이 좋지 않을 게 분명하다. 볼 때마다 기분이 나쁜 '그놈' 때문에 기분 상하지 않고 살 수는 없는 걸까.

직장에서의 대표적인 스트레스는 업무와 인간관계에서 생겨난다. 둘 다 스트레스를 불러일으키는 주범인데 사람에 따라 스트레스가 생기는 비중이 다르다. 어떤 사람은 업무에서, 어떤 사람은 인간관계에서 더 스트레스를 받지만 업무보다는 인간관계에서 스트레스를 느끼는 사람들이 많다. 대부분 공감하다시피 어디나 직장문화는 단순히 일만 하는 것으로 끝나지 않는다. 모든 것을 업무성과로만 평가받고 주어진 일만 충실히 해서 자신의 일이 끝난다면 직장인이 받는 스트레스는 확 줄어들 것이다.

그러나 세상살이가 그렇게 간단하지 않다는 건 모두 알고 있다. 몸도 힘들고 속도 불편한 일은 끊임없이 일어난다. 며느리의 시집살이는 시어머니가 죽으면 끝나는데 할 말을 가슴속에 담아 놓고 사는 회사에서의 시집살이는 끝이 보이지 않는다. 계층화·서열화의 구조는 층층의 권력을 만들어 내고 승진과 경쟁이라는 구도를 충실히 밟게 만든다. 위에서는 누르고 밑에서는 치받고 옆에서는 압박을 가한다. 내 기분 다독이기도 피곤한데 상사 비위까지 맞춰야 한다.

직장 밖으로 나간다고 해도 사정은 크게 다르지 않다. 경우만 다를 뿐 인간관계의 피곤함은 어디서나 따라다닌다. 인간이 인간과 어울려 사는 데 있어서 인간관계를 피하는 것은 사실상 불가능하다고 보아야 한다. 직장에서도 밖에서도 모든 일은 사람에서 시작하고 사람에서 끝난다. 그런 까닭에 스트레스는 자연스럽게 인간관계로 집중된다.

인간관계에서 극심한 스트레스가 생기는 것은 감정이 실리기 때문이다. 감정의 동물인 인간은 감정에 휩쓸리는 것을 피할 수 없다. 불교 경전《법구경》에는 사랑하는 사람을 만나지 못하면 괴로우니 사랑하는 사람을 만들지 말라고 한다. 미워하는 사람과는 만나는 게 괴로움이니 미워하는 사람도 만들지 말라고 한다. 사랑하는 사람을 만나지 못하면 마음이 괴롭고 혹여나 그 사람을 잃으면 재앙이니 아예 사랑을 하지 말라는 말이다. 경전이 말하고자 하는 내용은 이해가 되지만 다가올 고통을 생각해서 아예 감정 없이 살라는 말은 선뜻 수긍하기가 어렵다. 그에 반해 미워하는 사람을 만나는 것은 괴로운 일이니 미워하는 사람을 만들지 말라는 말에는 고개가 끄덕여진다.

감정의 동물인 사람은 시시때때로 마음에서 일어나는 풍랑에 얽매여 산다. 작은 일이든, 큰일이든 가리지 않고 마음은 쉴 없이 풍랑을 만든다. 이런 일 또는 저런 일로, 이 사람 때문에 아니면 저 사람 때문에 특히 '그놈' 때문에 마음은 쉴 틈 없이 파도를 일으킨다. 그 파도에서 사랑이나 관용이나 화해 같은 물결이 생길 리 없다. 분노, 우울, 화, 짜증, 신경질이 물기둥처럼 치솟는다. 그중에서도 미움은 특히 사람을 괴롭게 한다. 미움은 긴 시간 동안 마음속에 자리를 잡고 있으면서 순간순간 고개를 불쑥 들이민다.

독일의 지성이면서 세계적 철학자인 쇼펜하우어도 인간관계는 쉽지 않았나 보다. 쇼펜하우어가 남긴 말 중에는 이런 말도 있다. "어떤 야비한 일을 당하더라도 그것 때문에 괴로워하거나 고민하지 말라. 단지 아는 것이 하나 더 늘었다고 생각하라. 즉, 인간성을 연구하는 데 자료가 하나 늘었다고 생각하라. 이상한 광물 표본 하나를 우연히 발견한 광물학자의 태도를 보여라. 이상한 상사를 만나면 '저건 못 보던 샘플인데' 라고 생각하라."

세계적 철학자도 애써 에둘러 가고 자신을 타이를 정도로 인간관계는 어렵다. 그만큼 인간관계가 어렵기 때문에 스트레스도 만만치 않게 생긴다. 쇼펜하우어는 속 터지는 상황에서도 가르침을 주려 애쓰고 있지만 말하는 걸 보면 대 철학자도 꽤나 속을 썩었던 모양이다. 세계적 철학자도 그런 지경이니 지극히 평범한 보통 사람들은 더 말할 게 없다. 미운 인간을 광물이라고 생각할 여유도 이유도 없다. 미운 놈은 미운 놈일 뿐이다. 광물은 어디 쓸데나 있지 미운 놈은 눈 씻고 봐도 쓸데가 없다. '그놈' 이 눈에 보이면 보이는 대로 안 보이면 안 보이는 대로 욕을 해대고 가슴속에 품어 놓고 자근자근 씹는다.

우리는 표정, 억양이나 제스처를 통해 말로 하는 것만큼 확실하게 다른 사람의 생각이 틀렸다고 말할 수 있다. 어쨌든 그들에게 틀렸다고 말한다면 그들이 과연 당신에게 동의하겠는가? 천만의 말씀이다. 왜냐하면 당신은 그들의 지성, 판단, 자만심, 그리고 자존심 모두를 직접적으로 건드렸기 때문이다. 그렇게 되면 그들도 당신에게 반격을 가하고 싶어질 것이다. 그러면서 자신들의 생각을 바꾸려는 마음 따위는 염두에도 없다. 칸트나 플라톤의 논리를 모두 동원해서 설명해도 상대방의 의견은 변하지 않는다.

욕을 하고 시시때때로 씹어 대는 것이 할 수 있는 일의 전부이지만, 그것은 자신의 자제력을 잃었다는 방증이다. 욕을 하다 보면 잠시 시원해지기도 하지만 그것뿐이다. 그게 어디냐고 한다면 놓치는 것을 보지 못하는 것이다. 자제력을 잃을 정도의 감정이 되어 버리면 자신의 마음은 상할 대로 상하고 속은 썩을 대로 썩어 있을 게 뻔하다. 결국 자신이 더 손해를 보게 된다. 욕을 듣지 못하는 '그놈'은 아무렇지도 않은데 자기는 욕을 하느라 기분이 더 나빠진다. 이중으로 손해를 보는 꼴이다.

그것으로 끝나지 않는다. '그놈'에 대한 미움의 감정을 놓고 계산기를 두들겨 보면 줄줄이 마이너스다. 잇속 빠르게 한번 따져 보자. 우선 미운 인간이 눈에 보이면 기분이 나쁘다. 출근하면서 마주치기라도 하면 하루 종일 기분이 안 좋다. '그놈'이 옆으로 지나가면 몸이 움츠러든다. 신경이 곤두서고 경계태세가 되면서 자신도 모르게 긴장을 한다. 업무 때문에 말이라도 해야 하게 되면 더 그렇다. 가슴속에 감정의 앙금이 쌓여 있는 사람과 말을 하자니 속이 불편하기 그지없다. 같은 공간에 있는 시간 동안 내내 기분이 좋지 않고 불편하다. 기분이 안 좋고 불편하면 사람 사는 게 편치 않은 거다. 속이 편해야 사는 게 편하다는데 속이 편치 않으니 사는 게 편치 않다.

뜻밖에 사람들은 삶을 편치 않게 만드는 이런 손실에 별로 신경 쓰지 않는다. 자신의 잇속 계산에 빠른 요즘 추세로 본다면 의외일 정도다. 만약 다른 사람이 어떤 일로 자신의 감정을 이토록 불편하게 한다면 참고 있을 사람이 얼마나 될까? 적극적으로 방어를 하고 그걸로 충분치 않으면 아마 법을 동원할지도 모른다. 외부에서 치고 들어온 불편함은 참지 못하면서 자신이 불러들인 감정의 불편함은 잘도 참고 산다. 그런 상황을 참을 수밖에 없는 것은 어찌 할 방법이 없어서 그런 것일 수도 있다. 직장을 옮기면 해결이 될 수도 있겠지만 그게 그리 쉬운 일인가. 설사 직장을 옮긴다고 해도 '그놈'은 그곳에도 빠지지 않고 존재한다.

다른 사람들의 생각이 전부 틀릴지도 모른다는 점을 기억하라. 그러나 그들은 그렇게 생각하지 않는다. 그들을 비난하지 말라. 바보는 그렇게 할 수 있다. 그들을 이해하려고 노력하라. 현명하고 끈기 있고 특별한 사람들만이 그런 노력을 하는 법이다. 어떤 사람이 자기 방식대로 생각하고 행동하는 데에는 나름대로 이유가 있다. 그 이유를 먼저 알아보라. 그러면 그의 행동, 아니 어쩌면 그의 인간성까지도 이해할 수 있는 열쇠를 얻게 될 것이다.

상대방의 입장에 서서 정직하게 생각해보라. 만일 스스로에게 '내가 만일 그의 입장이었다면 어떻게 느끼고 행동했을까?' 하고 묻는다면 시간도 아끼고 화도 내지 않게 된다.

이렇듯 미움이란 감정은 온통 손해만 가져온다. '그놈' 때문에 날마다 기분이 안 좋게 산다는 건 얼마나 큰 손해인가. 이런 손실에서 벗어나는 방법은 미움이란 감정을 털어 버리는 것이다. 먼지 털듯이 탁탁 털어 버리면 된다. 원수를 사랑하듯이 미운 사람을 사랑하라는 게 아니라 감정을 지우라는 말이다. 말이 좋아서 그렇지, 털어버리는 게 쉽냐고 생각하겠지만 의외로 쉬울 수도 있다.

가장 좋은 방법은 미움이라는 감정을 마음속에서 없애는 것이다. '밉다'와 '싫다'는 비슷해 보이지만 다르다. '싫다'라는 감정만 남기고 '밉다'라는 감정을 없애면 마음이 편치 않은 고통은 크게 줄어든다. 개에게 심하게 물린 경험이 있는 사람은 개를 싫어한다. 그렇지만 개를 미워하지는 않는다. 미워하지 않기 때문에 개를 본다고 속이 터지거나 화가 나지 않는다. '싫다'와 '밉다'의 감정은 이런 차이가 있다. '싫다'라는 감정은 그 자체로 끝나지만 '밉다'

라는 감정은 앙금이 두텁게 남는다. 음식 중에서 돼지고기가 싫다면 싫은 것뿐이지 돼지고기를 미워하지는 않는다. 마찬가지로 '그놈'에 대해서도 '싫다'라는 감정만 남기고 '밉다'라는 감정을 털어버리면 속이 편해진다.

우스개로 하는 말 중에 '소가 닭 보듯'이라는 게 있다. 닭과 소는 서로 아무런 감정이 없기 때문에 아무리 쳐다본들 전혀 감정이 생기지 않는다. 오다가다 만나면 서로 아무 관심 없이 덤덤히 쳐다보기만 할 뿐이다. 소가 닭을 보듯이 담담히 보면 감정에 휘둘리지 않는다. '그놈'이 지나가는 게 보이면 저기 닭이 지나가는구나 하고 생각한다. 기분이 안 좋아져도 마음속으로라도 욕을 하지 말아야 한다. 욕하면 기분 나빠지는 것은 자기뿐이다. 기분이 나빠지면 누가 손해인가. 결국 자신만 손해다. 그런 손해를 스스로 끌어안고 있을 이유가 없다. '욕 하면 지는 거다.' 결론은 간단하다. 손해를 보지 않으려면 감정을 일으키지 말고 다시 생각한다. 저기 닭이 지나가는구나.

지금 우리는 사랑일까

:

장영희 《생일》

장사익이 목청을 돋우어 올리더니 어둠 속으로 목소리를 토해냈다. 모닥불을 넓게 둘러싼 사람들은 여기저기에 편안히 앉아 노래를 들었다. 노래가 끝나면 환호가 이어지고 환호가 끝나면 또 노래가 이어졌다. 우리는 땔감용으로 쌓아 놓은 통나무에 앉아 박수를 쳤다.

가슴을 짜내는 듯한 노래였다. 카세트테이프로만 듣다 직접 듣는 장사익의 노래는 가을밤의 공기보다 훨씬 신선했다. 모양을 갖춘 무대가 아닌 작은 찻집의 앞마당에서 노래꾼과 관객이 마주보는 공연은 정겹고 싱싱했다.

……아 찔레꽃처럼 울었지 찔레꽃처럼 춤췄지

찔레꽃처럼 노래했지 당신은 찔레꽃

찔레꽃처럼 울었지 당신은 찔레꽃……

광릉수목원 옆 봉선사로 들어가는 초입에는 작은 찻집이 있다. 아니 있었다. 10년도 더 지난 그때는 있었다. 저녁을 먹고 봉선사를 둘러보며 산책을 하고 작은 찻집에서 차 한 잔을 마시고 있을 때 카페 주인의 소개와 함께 장사익 공연이 시작됐다. 가을밤을 흔들며 깊고 멀리 퍼져 나가는 장사익의 공연이 끝나고 나니 어둠은 더 깊어졌다. 차는 이미 식어 차가웠지만 어둠 속에서 타오르는 모닥불은 따뜻했다. 어른거리는 모닥불 불빛을 받으며 차를 마시는 그녀는 예뻤다.

식어서 차가워진 녹차로 입을 적시고 어렵게 입술을 떼었다. 그때 무슨 말을 했는지는 정확히 기억나지 않는다. 결혼을 하자고 한마디로 잘라서 말했는지 아니면 영화의 대사처럼 멋진 말을 했는지 전혀 기억이 나지 않는다. 기억이 나지 않지만 영화 대사처럼 멋진 말이 아니었던 것은 분명하다. 결혼을 하자고 말을 했다. 말하자면 어설픈 프러포즈였는데 한마디로 거절이었다.

선선히 승낙하리라고는 기대하지 않았는데도 막상 거절을 당하니 기분이 묘했다. 어떻게 대응을 할지도 헷갈렸다. 그럼 나중에 또 한 번 더 결혼하자고 해야 할까? 한 번 한 말을 또 해야 한다는 말인데 그건 쑥스럽지 않을까? 그만 만나고 헤어져야 하나? 그래도 계속 만나야 하나? 순간적으로 여러 생각이 스치고 지나갔다. 그러다가 슬그머니 열이 받쳤다. 뭐야 도대체, 한 방에 잘라 버리다니!

찰리 채플린의 말이 생각납니다. "우나 오닐을 좀더 일찍 만났더라면 나는 사랑을 찾아 헤매는 일은 없었을 것이다. 세상 단 한 사람에게 만 느낄 수 있는 것, 그것이 사랑이다." 단 하나인 마음의 눈이 해바 라기할 수 있는 오직 한 사람, 내 삶에 빛을 줄 그 사람을 만나는 것 은 행운입니다.

작은 찻집에서 모닥불 불빛을 받으며 차를 마시던 그녀와 몇 달 뒤에 결혼을 했다. 그 몇 달이라는 기간 동안에 결혼이라는 과정을 거친 사람들이 대부분 겪는 우여곡절을 겪기는 했지만 어쨌든 결혼 을 했다. '바다에 나갈 때는 한 번 기도하고, 전쟁터에 나갈 때는 두 번 기도하고, 결혼할 때는 세 번 기도하라'는 속담이 있다고 한 다. 거친 바다보다도, 목숨을 잃을 수 있는 전쟁터보다도, 결혼이 더 위험하고 어찌 될지 모른다는 뜻이다. 그래도 사람들은 전쟁터 에 나가는 것보다는 쉽게 결혼을 한다. 사랑이라는 이름으로 저지 르고 보는 것이다. 그것이 진짜 사랑인지, 사랑의 이름으로 저질러 지는 착각인지는 아무도 모른다.

작은 찻집, 장사익의 노래, 가을밤의 청명한 공기, 그리고 차를 마시던 예뻤던 그녀. 그 순간은 떨림이었고 사랑이었다. 그 떨림과 그 사랑의 감정에서 발을 빼지 못하고 결혼을 자행(?)했다. 그때는 그것으로 행복 시작인 줄 알았다.

그 뒤 10여 년이 훌쩍 지났다. 지금도 광릉수목원 이야기가 나오면 작은 찻집이 떠오른다. 장사익의 노래, 청명했던 가을밤도 함께 생각난다. 그리고 또 떠오른다. 그때 거기서 지금의 모든 것이 시작됐지 하는 생각. 결혼을 하자고 했던 그때의 말은 진심이었을까? 그리고 그것은 사랑이었을까? 그때는 진심이었고 사랑이었다. 10년이라는 세월을 거치고 몇 년이 더 지난 지금. 그 사랑은 아직도 남아 있을까?

남아 있다면 어디에 그 모습을 담고 있을까. 작은 아파트의 안방이나 문간방에 몸을 숨기고 있을까, 잔고를 간신히 유지하는 통장 속에 숨어 있을까. 아니면 하루 세 번 가스 불이 켜지는 부엌에서 냄새를 풍기고 있을까, 혹은 아이의 책가방 속에 모습을 감추고 있을까,

그 어디에도 그때의 사랑이 남아 있지 않다면, 그때의 사랑은 아니어도, 강산마저 변한다는 세월에 깎여서 모습이 변한 사랑조차도 남아 있지 않다면. 사랑이 있어야 할 자리는 무엇이 차지하고 있을까. 지금 우리는 사랑일까.

세상의 어떤 경험보다 짜릿한 신혼이 지나면서 싸움은 불연속적으로 생겨났다. 두 사람이 맞추어 가는 과정을 겪으면서 칼로 물 베

기라는 속담이 옳은 말이구나 싶다가도 이러다 칼로 두부 베기가 될지도 모른다는 막연한 생각이 들기도 했다.

신혼은 달콤하고 짜릿했지만 삶은 그렇지 않았다. 때때로는 달콤하고 짜릿했지만 그보다 더 긴 시간은 절대 그렇지 않았다. 그걸 깨닫는 데 오래 걸리지 않았다. 뜻밖에도 살아갈수록 삶은 피곤하고 누추해졌다. 웃음과 여유보다는 한숨과 분노가 앞섰다. 그것을 이겨낼 수 있는 게 두 사람의 사랑일 줄 알았다. 때로는 그렇기도 했다. 그렇지만 때로는 그렇지 않기도 했다.

이제 적지 않은 시간을 지나 도착해 있는 이 시점, 오래된 부부는 무엇으로 사는 것일까?

이 나이에도 삶에는 꼭 갖고 싶은 멋진 것들이 있습니다. 그것들을 공짜로 바라는 내 태도에 문제가 있는지 모릅니다. "비에 젖은 솔 내음"을 얻기 위해서는 그 향기와 아름다움을 느낄 줄 아는 마음을 내놓아야 하고, "당신을 사랑하는 눈매"를 사기 위해서는 내가 사랑하는 눈매를 주어야 한다는, 아주 간단한 '물물교환'의 법칙을 잊고 살았습니다. 치사하게 내가 준 것만 조목조목 값을 따지고, 공짜로 얻은 것은 당연히 여기고 살았습니다.

어린왕자는 "사막이 아름다운 것은, 어딘가에 오아시스를 숨기고 있기 때문이야"라고 말한다. "그래. 집이든, 별이든, 사막이든 그 아름다움은 눈에 보이지 않는 그 무엇이 있기 때문이지."

사랑은 오아시스처럼 사막에 숨어 버렸다. 그 사막은 멀리 몽고나 중국에 또는 미국에 있는 것이 아니라 집안에 그리고 마음속에 있었다. 현실의 사랑도 오아시스처럼 어디론가 모습을 감춰 버린 듯하다. 어렵사리 마련한 아파트의 안방이나 문간방 어딘가에 사랑이 있기는 한데 좀처럼 모습을 드러내지 않는다. 가끔은 통장의 잔고에서 사랑이 피어났다 사라지기도 하고 부엌에서 밥 짓는 연기 속에 아지랑이처럼 드러나기도 한다. 때로는 아이의 책가방 속에서 슬그머니 고개를 내밀기도 한다. 그렇게 쉽게 드러나지 않는 사랑은 완전히 모습을 감춘 것처럼 보인다.

그래도 어린왕자의 말에 대답을 한다면 이렇게 말해야 하리라. "생활이 아름다운 것은 어딘가에 사랑을 숨기고 있기 때문이야."

그러나 내겐 당신이 있습니다. 내 부족함을 채워주는 사람—당신의 사랑이 쓰러지는 나를 일으킵니다. 내게 용기, 위로, 소망을 주는 당신, 내가 나를 버려도 나를 포기하지 않는 당신. 내 전생에 무슨 덕을 쌓았는지, 나는 정말 당신과 함께할 자격이 없는데, 내 옆에 당신을 두신 신에게 감사합니다. 나를 사랑하는 이가 이 세상에 존재한다는 것, 그것이 내 삶의 가장 커다란 힘입니다. 당신이 존재하는 내 운명, 제왕과도 바꾸지 아니합니다.

O. 헨리의 《크리스마스 선물》에는 단연코 최고라고 해야 마땅할 사랑이 있다. 소설의 주인공인 남편 짐과 아내 델라는 크리스마스에 사랑하는 아내와 남편에게 줄 선물을 고민하지만 가난한 그들은 선물을 마련할 돈이 없다. 결국 남편 짐은 대대로 물려받은 금시계를 팔아서 아내의 머리빗을 산다. 반면에 아내 델라는 남편을 위해서 자신의 머리카락을 팔아서 시계줄을 산다. 서로의 선물을 확인한 부부가 내뱉는 탄성과 한숨, 그 속에는 누추한 현실을 녹여내는 사랑이 있다. 소설은 감동적이다. 사랑을 확인하는 것보다 쌀독을 먼저 확인하는 게 생활이지만, 그 지점까지 내려간 현실의 무게를 이겨낼 수 있는 것은 사랑의 힘이다.

삶처럼 사랑도 시간이 지나면 색깔이 변한다. 사랑의 색깔은 오래된 옷감처럼 퇴색해 버리기도, 오래된 된장처럼 점점 곰삭으며 감칠맛으로 피어나기도 한다. 성경은 사람이 빵만으로 살 것이 아니라고 일러준다. 그렇다면 사람은 사랑만으로 살 수 있는 것일까. 사람은 빵 없이 살 수도 없다지만 사랑만으로도 살아진다고 말들 하더라.

해가 지고 어둠이 내리는 시간. 하루의 노동이 끝나면 버스를 타고 집으로 간다. 터덜터덜 지친 몸을 끌고 집으로 가면, 그곳에는 그녀가 있다. 광릉수목원 옆 작은 찻집에서 차를 마시던, 아직도 여전히 예쁜 그녀가 있다. 나는 지금 집으로 간다.

노동의 종말은 이미 예고되었다

⋮

찰스 핸디 《코끼리와 벼룩》

"침몰할 때까지 그냥 있을까, 뛰어내릴까?" 오랜만에 만나 밥을 먹던 친구가 말한다. 회사 상태가 좋지 않다는 것이다. 서서히 침몰해 가는 분위기인데 어떻게 해야 좋을지 판단이 서지 않는다고 했다. 판단이 서지 않기는 듣는 사람도 마찬가지다. 그냥 있으라고 하자니 뻔히 보이는 길이고, 뛰어내리라고 하자니 마땅히 대책이 없다. 어떻게 말을 한들 책임을 질 자신이 없으니 한마디로 잘라서 시원하게 대답을 해주지 못한다. 잘 생각해 보고 결정하라는 하나마나 한 말을 해줄 수밖에.

한참을 고민하던 친구는 그냥 회사에 남기로 했다. 뛰어내려도 거친 바다에서 몸을 의지할 만한 나뭇조각 하나 가진 게 없었다. 침몰하는 배에 남아 있기는 싫었지만 그냥 남았다. 달리 방법이 없어서 내린 선택이었다. 침몰할 것 같았던 회사는 다행히 회생을 해서 실직은 면했다. 회사도 구사일생이었고 친구도 구사일생이었다. 회사가 회생해서 위기를 넘겼다고 안도했던 친구는 이제는 구조조정 압박에 시달린다. 생존을 위협하는 큰 파도가 지나갔다고 생각했는데 그건 착각이었다. 또 다른 파도가 몰려왔다.

구본형은 그의 책 《익숙한 것과의 결별》에서 침몰하는 배에 갇힌 사람의 선택을 잘 보여 준다. 1998년 7월 영국 스코틀랜드 근해의 북해유전에서 석유시추선이 폭발해 168명이 목숨을 잃었다. 앤디 모칸은 그 배에 타고 있었다. 무언가 폭발하는 소리에 갑판으로 뛰어나오는 그의 눈앞에 거대한 불기둥이 솟아올랐다. 피할 곳이라고는 없는 상황, 배의 난간에서 바다를 내려다보니 바다도 새어 나온 기름으로 불바다를 이루고 있었다. 배에 남아 있어도 바다에 뛰어들어도 목숨을 유지하기 힘든 상황에서 앤디 모칸은 불꽃이 일렁이는 바다로 몸을 던졌다. 목숨을 구한 앤디 모칸의 선택은 지극히 단순했다. 불타는 갑판에 그대로 남아 있는 것은 죽음을 기다리는 것과 같다는 것. 그 깨달음이 바다 속으로 몸을 던지게 만들었다. 그는 '확실한 죽음'으로부터 '죽을지도 모르는 가능한 삶'을 선택했고 결국 살아남았다.

1981년 7월 25일, 마흔아홉 번째 생일 아침에 나는 일찍 깨어났다.

평상시 같았더라면 특별하달 것도 없는 날이었겠지만 그날은 좀 달랐다. 그날은 바로 자발적으로 실업 상태가 된 내가 제2의 인생을 시작하는 첫날이었기 때문이다. 물론 나는 그것을 실업 상태라고 부르지 않는다. 내가 그로부터 2년 전에 만들어낸 말에 따르면 나는 비로소 '포트폴리오 인생'이 된 것이다.

위기에 빠진 회사를 '침몰하는 배'라고 표현했던 친구는 불이 번지는 위험한 바다로 뛰어들기보다 불이 꺼질지도 모른다는 기대 속에 배의 난간을 움켜쥐고 지켜만 보았다. 행운이 있어서인지 불이 꺼지고 배는 침몰하지 않았다.

지금 있는 자리에 그냥 있으면 죽을 것을 뻔히 알고 있어도 바다로 뛰어드는 것은 어렵다. 죽음이 눈앞에 있어도 몸이 움직여지지 않는데 위험을 느끼지 못하는 상황에서는 더더욱 그렇다. 배는 직장이고 직장인은 누구나 앤디 모칸처럼 선택을 해야 하는 시간이 온다. 침몰 위기를 넘기니 구조조정이 오는 것처럼 직장에서의 파도는 끊임없이 몰려온다. 우리가 서 있는 갑판은 영원한 안전지대가 아닌 것이다.

노동의 종말은 누구나 예상하고 있다. 직장에서 이루어지는 노동이 그 옛날처럼 평생토록 이어지리라고 생각하는 사람은 없다. 그러나 노동의 종말이 자기의 것이라고 생각하는 사람도 의외로 많지 않다. 마흔에 들어서면 직장인들은 노동의 종말이 오는 시기를 가늠해 본다. 그러면서도 그것이 자기의 것이 아니었으면 하는 희망을 가지고 하루하루를 산다. 희망을 가진다기보다는 애써 모른 척한다. 다른 사람은 그 대상이 되어도 자신은 그렇지 않을 것이라는 막연한 기대이다.

문제는 그 파도에 휩쓸려서 직장에서의 노동을 멈추어야 하는 사람이나, 파도를 피해서 살아남는 사람이나, 그 선택권이 자기에게 있지 않다는 것이다. 할 수 있는 것은 열심히 일을 하고 안테나를 높이 세우는 것뿐이다. 그래도 여전히 선택권은 가질 수 없다. 결과가 어떻게 될지도 알 수가 없다. 그게 피할 수 없는 과정이고 그게 미래의 실체이다.

선택권이 없다고 하지만 사실 그 말은 틀린 말이다. 직장에서 노동의 종말을 맞이하는 시점은 개개인이 선택할 수 있다. 원한다면 지금 속해 있는 조직을 떠나서 자신이 원하는 다른 노동을 찾아가면 되는 것이다. 그러나 노동의 종말을 스스로 선택하는 사람은 많지 않다. 거친 바다로 뛰어들 용기도 없고 바다를 헤쳐 나갈 작은 구명보트조차 없기 때문에 대부분 갑판에 남는다. 그대로 남아 있겠다면 선택권은 넘겨 줘야 한다. 그때부터는 선택권이 없다. 선택되어지는 일만 남는다. 갑판에 남아 있는 동안은 너른 갑판이 제공하는 편안함을 누릴 수 있다. 그 편안함은 생활을 유지하는 돈과 사회적 위치와 직장이 주는 명함이고, 반대급부는 부자유와 굴종과 스트레스이다. 그러나 사실 어느 쪽으로 가든 결과는 같다. 시간의 차이가 있을 뿐 누구나 갑판을 떠나야 한다. 그 시기는 누구에게나 온다.

'직장 이후'는 누구도 피해 갈 수 없는 과정이다. 인간이 태어날 때부터 타고난 네 가지 고통을 '생로병사'라고 하지만 현대를 살아가는 사람은 한 가지 고통을 더 가지게 되었다. '직장 이후'가 그것이다. 언제 떠나든 직장을 떠난 이후의 삶이라는 시기를 살아야 한다. 남들보다 빨리 직장을 떠난 사람은 그 시간이 길 것이고 늦게까지 직장에 남아 있는 사람은 그 시간이 비교적 짧을 것이다.

누구나 알고 있고 뻔히 보이는 삶의 구도이지만 당사자들은 그저 기다리기만 한다. 그 시점이 눈앞에 올 때까지 지켜만 본다. 목전에 닥치면 몸과 마음이 바빠지지만 특별한 방안이 있을 리 없다. 파도가 덮쳐 오면 휩쓸려 갈 뿐이다.

하지만 1981년에 이르자 사정이 달라졌다. 은퇴에서 사망까지 18개월이 아니라 18년의 세월이 떡 버티고 서 있는 것이었다. 텔레비전 시청, 이런저런 여행, 골프 치기 등 아무리 많은 여가 활동을 동원한다고 하더라도 18년은 간단히 채울 수 있는 세월이 아니다. 게다가 국가 연금이라는 것은 그런 사치를 허용해 줄 것 같지도 않다. 사람들은 그런 시간 간격을 장밋빛으로 포장하기 위해 '제3시대'라는 말을 만들어냈다. 하지만 이름만 그럴듯하게 갖다 붙이면 뭘 하는가. 오늘날 우리는 이 20년이라는 긴 세월을 어떻게 처분해야 할지, 또 그 기간 동안의 생활비는 어떻게 감당해야 할지 정말 난감한 것이다.

"옛날에 언론계 사람들은 나이 든 이후를 생각하지 않았습니다. 준비하지도 않았지요." 언론계에서 오랫동안 생활을 한 강사는 뜻밖의 말을 했다. 특별한 방법이라도 있었던 걸까? 궁금증은 금방 풀렸다. "몸을 험하게 굴려서 쉰이 넘으면 대부분 죽었거든요." 한바탕 웃음이 쏟아졌다. 그 와중에 일을 하면서 건강하게 노후를 즐기고 있는 강사에게 후배들이 가장 많이 묻는 것은 '직장 이후'란다. 그 시대 사람들은 쉰이 넘으면 죽었지만 요즘 사람들은 아무도 죽지 않는다. 죽기는커녕 젊은 사람 못지않은 체력을 자랑하면서 길게, 아주 길게 산다. 짧디 짧았던 직장 이후의 시간이 상상도 하지 못할 만큼 늘어난 것이다.

찰스 핸디는 그의 책 《코끼리와 벼룩》에서 퇴직 걱정을 하는 광고회사 중역에게 자기 집의 배관을 손보던 전기공을 미래 직장의 모습이라고 일러준다. 자기에게 맡겨진 일을 자기가 알아서 하면서 일의 순서를 스스로 조정하는 전기공 같은 일. 그게 앞으로의 직장 문화라는 것이다. 반면에 평생이라는 시간을 회사에다 팔고 그 대신 고용을 보장받는 형태의 직장 문화는 점점 사라지게 될 것이라고 말한다.

'직장 이후'에는 생각을 확장시켜야 한다. 직장인이 아닌 삶을 찾아나서야 한다. 회사인간으로 살아온 사람들은 직장인이 아닌 삶은 엄두도 내지 못한다. 직장이 끝나면 다시 직장을 찾고 직장이 없으면 당황한다. 마치 자신의 삶이 허공에 뜬 것같이 여기고 어쩔 줄을 모른다. 회사인간으로 살아온 후유증을 여실히 겪는다. 그러나 생각해 보라. 아무리 능력이 출중해도 죽을 때까지 회사인간으로 살아가는 것은 불가능하다. 언젠가는 갑판에서 바다로 내려와야 한다. 또 회사라는 갑판이 그렇게 탐탁한 곳도 아니다. 밥벌이 때문에 갑판에 머물기는 하지만 갑판에서의 생활을 즐기는 사람은 손에 꼽기도 힘들다. 많은 것을 제공해 주는 대가로 그 이상의 것들을 바치면서도 아무 소리 하지 않고 참고 있을 뿐이다.

직장 이후에는 자신만의 노동을 찾아야 한다. 자신만의 일을 찾아야 한다. 자신만의 노동, 자신만의 일이라는 개념은 더할 수 없이 막연하다. 그게 무엇인지 알기도 힘들다. 그러나 직장 이후는 그런 막연함보다 훨씬 더 막연할 게 분명하다. 생각해 보지도, 준비하지도 않은 직장 이후는 가도 가도 끝이 보이지 않는 터널이 될지 모른다.

물론 대부분의 사람들에게는 뚜렷한 대안이 없음을 나는 잘 안다. 하지만 우리는 인생의 어느 시점에 도달하면 인생의 무소속 배우로서 벼룩의 삶을 살아나가야 한다. 좋든 싫든 그게 거부할 수 없는 도도한 추세이다.

누구도 '직장 이후'를 피할 수 없지만 준비하는 사람은 많지 않다. 평계 없는 무덤이 없듯이 이유를 물어보면 100가지도 넘는 답변을 쏟아낼 준비가 되어 있다. 마음이 없는 것이다. 마음이 있다고 하면 행동할 의지가 없는 것이다. 마음이 있어도 움직이지 않으면 결과는 같다. 아무것도 없다.

움직이지 못하는 이유는 단순하다. 우선 현재의 상황이 주는 안락함이다. 지금 직장을 유지하고 있다면 월급이 나온다. 현재 수준의 생활이 아주 불만족스럽기 전에는 그 월급을 다행스럽게 여긴다. 최상의 만족은 아니어도 그럭저럭 살 만은 하다. 눈에 보이지 않는 미래를 생각할 리가 없다. 또 하나는 두려움이다. 꿈이 되었든 생계의 문제가 되었든 새로운 영역에 대한 두려움은 실행을 가로막는 커다란 장애물이다. 아무것도 보이지 않는 짙은 안개 속으로 스스로 발을 들여 놓는 두려움을 즐길 사람은 많지 않다. 아무것도 보장되지 않는 마당에 시간과 돈을 투자해야 하는 위험을 감수하려고 하지 않는다. 게으름도 움직이지 못하는 이유 중의 하나다. 필요한 것도 알고 실행에 나서야 하는 것도 알지만 게으르거나 귀찮아서 차일피일 미룬다. 막연한 낙관이 앞을 가로막고 눈을 가린다. '어떻게 되겠지' 하는 마음이 앞서는 것이다. 세상에 '어떻게' 되는 일은 없다.

마흔이 되면 '직장 이후'가 자신의 문제임을 알아야 한다. 삶의 방식을 조금씩 바꿔 나가야 한다. 직장인이 아닌 삶을 두려워하지 말고 자신만의 노동을 찾아나서야 한다. 선택의 시간이 다음 달이 될지 10년 뒤가 될지 모르지만 그 시간은 반드시 온다. 뛰어내리지 않으면 언젠가는 누군가가 등을 떠민다. 그게 마흔의 미래다.

잔칫날 먹자고 석 달을 굶는 사람

:

소노 아야코 《중년 이후》

"언제나 니가 알아서 챙길래?" 아이가 짜증을 내자 아내도 같이 짜증을 낸다. 학교에서 돌아온 아이는 준비물을 제대로 챙겨 주지 않은 엄마한테 화를 내는 중이다. 아내는 저녁마다 아이 책가방 챙기는 걸 도와준다. 초등학교 고학년인 아이는 꼼꼼하고 차분한 성격이지만 그래도 아직 어려서 가끔 준비물을 빼먹기 일쑤다. 준비물을 못 챙기고 학교에 간 아이는 집에 돌아와서 짜증을 내거나 뾰로통한 경우가 많아서 아내는 잠자리에 들기 전에 꼭 아이한테 준비물 점검을 시킨다. 그렇게 잘 챙겨 가다가도 아내가 깜박하고 준비물 점검을 잊어먹는 때가 있다. 그러면 학교에서 돌아온 아이는 여지없이 엄마한테 짜증을 낸다. 아이의 짜증을 받은 아내는 두 번에 한 번 정도는 같이 짜증을 낸다. 아이의 짜증은 그대로 스트레스가 된다. 아내는 아이가 빨리 자라서 제 스스로 알아서 자기 일을 챙겼으면 한다. "저애가 언제 크나." 아이와 충돌이 있을 때마다 아내가 하는 말이다.

인생이란 이론대로 되지 않는 것이다. 하나 더하기 하나는 둘이 아니다. 경우에 따라서 넷도, 다섯도 될 수 있으며, 혼심을 다해 노력했지만, 하나 그대로인 경우도 얼마든지 있을 수 있다는 것도 알게 된다. 젊었을 때는 자신의 생각대로 되는 일에 쾌감을 느낀다. 그러나 중년 이후에는 자신의 견해, 예측, 희망 등이 어긋날 수 있다는 것을 납득하게 되고, 그러한 과정 속에서 일종의 여유를 얻게 되는 것도 가능하게 된다. 다시 말해서 이 지구란 자신의 얄팍한 지혜로는 도저히 감당할 수 없을 만큼 대단한 존재라고 생각하게 된다. 그렇게 생각할 수 있다면 아무리 일이 안 풀려도 자살할 정도로 자신을 막다른 지경까지 몰아넣는 일도 없을 것이다. 그와 반대로 일이 잘 되었어도 자신의 공이 아니라 아마도 운이 좋았기 때문이라며 마음 편하게 생각할 수 있을 것이다.

아이 준비물 챙기기는 그래도 정도가 덜하다. 방학을 하면 아내는 여름방학 내내 또는 겨울방학 내내 끼니마다 아이 밥 챙겨 먹이느라 꼼짝을 못한다. 계획한 대로 공부를 시키고 학원에 갈 시간이 되면 알려 주고 학원이 끝나면 가서 데리고 온다. 때때로 운동도 시키고 과제물도 돌봐줘야 한다. 그래서 다른 집 엄마들처럼 방학만 되면 한숨을 쉰다. 개학할 때까지는 꼼짝없이 갇혀 살아야 하는 것이다.

가족들이 어디 여행을 가려고 해도 쉽게 갈 수가 없다. 우선 아이 학교 일정에 따라 휴가를 맞춰야 한다. 학원 교과 진도도 빼놓지 말고 생각해야 한다. 일정을 맞추면 그다음에는 어디로 가느냐가 문제다. 어쩌다 한 번 쓰는 휴가니만큼 아내는 먼 거리의 여행지에 가려고 하지만 차멀미가 심한 아이는 가까운 곳으로 가기를 원한다. 자기 의견을 무시하고 먼 곳으로 정하면 그때부터는 떼를 쓴다. 울거나 자기 방에 들어가서 문을 닫고 시위를 한다. 어쩔 수 없이 협상을 한다. 제법 먼 곳으로 여행을 가려면 멀미 때문에 중간에 몇 번씩 내려서 쉬어야 한다. 가고 오는 시간이 많이 걸릴 수밖에 없다.

휴가는 어쩌다 한 번이니 괜찮은 편이다. 평소에도 일이 있어서 어디를 가려면 아이를 데리고 가야 한다. 혼자 두고 가려 하면 꼭 따라나서곤 한다. 그러니 아내와 영화를 보러 간다거나 가까운 곳으로 잠깐 바람 쐬러 가는 것도 힘들다. 그래서 아내는 "쟤가 언제나 자라서 알아서 자기 일을 할까" 하고 한숨을 쉬듯 말한다. 일상의 대부분이 아이에게 묶여 있으니 아내가 그런 말을 할 만도 하다. 아이가 쑥쑥 커서 자기 일을 알아서 챙기고 엄마 아빠와 같이 다니기 싫어하면 아내는 많이 자유로워질 것이라고 생각하는 것이다.

그때가 되면 아이를 떼어놓은 채 가고 싶은 곳도 가보고 여기저기 바람도 쏘이러 다니고 영화도 아무 때나 보러 다닐 수 있다는 게 아내 생각이다. 아내의 생각은 틀리지 않다. 그때가 되면 아무 때나 아무 곳이나 갈 수 있을 것이다. 그렇지는 않다고 해도 최소한 지금보다는 비할 수 없이 자유로워질 게 분명하다. 그렇지만 그 자유에는 큰 대가가 숨어 있다.

아내가 모르는 큰 대가는 시간이다. 아내는 어느 민중가요의 제목처럼 '그날이 오면'을 외치지만 그날이 오면 우리 부부는 많이 늙어 있을 것이다. 노래의 가사처럼 '짧았던 내 젊음도 헛된 꿈이 아니었으리'가 아니라 우리의 젊음은 이미 헛된 꿈이 되어 있을 것이다. 그날을 애타게 기다리지만 그날이 오면 '피맺힌 그 기다림도 헛된 꿈이 아니었으리'가 아니라 피맺힌 기다림은 아까운 체력만 떨어지게 하고 헛된 꿈처럼 힘없는 몸뚱이만 남길 가능성이 크다. '감옥이 열리고 하늘이 열리고 가슴 또한 열리고'가 아니라 관절염이나 골다공증 같은 또 다른 감옥이 우리를 기다리다가 방구석에 가두어 버릴 수도 있다. 거기서 시간이 더 지나면 그때는 '하늘이 열리'면서 노래의 후렴구처럼 '(땅 위에서는 사라져) 만인의 머리 위에서 빛나는 별이' 되어 있을지도 모른다. 그러면 자유는 생겼지만 아무것도 남아 있지 않게 된다. 그게 아내가 기다리는 '그날이 오면'이다.

누구든 중년이 되면 인생과 인간에 대한 이해가 훨씬 깊어진다는 것이다. 그것은 순수한 즐거움을 깊게 느끼는 것이다. 영화관이나 극장에 가야만 인생을 즐기는 것이 아니다. 가장 훌륭한 극장은 우리들이 살아가고 있는 바로 현재의 삶이므로, 그곳을 지나는 모든 사람에게서 드라마와 매력을 찾아낼 수 있다면 그 이상의 즐거움이란 없다. 그렇다고 중년 이후에는 연극 관람이 필요 없다라는 말은 아니다. 극장 안에서나 밖에서나 드라마를 볼 수 있는 것이 바로 중년인 것이다.

결혼할 때 이미 구혼부부만큼 나이가 들었던 우리 부부는 아이가 다 자라면 나이가 꽤 많아진다. 그때는 아마, 아니 분명 노인이 되어 있을 게다. 고등학교를 졸업하고 바로 결혼을 한 친구는 이미 아들이 군대를 갔다 왔고 딸은 유학을 갔다. 거기에 비하면 초등학교 고학년인 우리 아이는 흔히 하는 말로 답이 나오지 않는다.

아이의 준비물을 날마다 챙겨야 하고, 방학이 되면 하루같이 아이를 돌봐야 하고, 영화 한 편 마음대로 못 보는 게 아내는 불만일 수 있다. 그렇다고는 하지만 아내의 바람처럼 아이가 스스로 자기 할 일을 챙기고 여행을 가자고 할 때 "두 분이 다녀오세요" 하는 그날이 오면…… 만세를 부르는 게 아니라 스산한 인생의 후반이 안타까워 한숨을 쉴 것이다. 둘이 여행을 가려고 해도 다리에 힘이 없어서 주저앉아 있거나 눈이 어두우니 운전을 해달라고 아이한테 사정을 해야 할지도 모른다.

생각해보면 인간의 생애란 대충 대충의 어설픈 사고로는 완성되어지는 것이 아닌 것 같다. 오랜 세월 동안 늘 마음을 쓰며 노력하다 보면, 조금씩 조금씩 완성되어지는 것 같다. 당연한 것이지만, 결국 그러한 완성이란 중년 이후에야 가까스로 모습을 드러내게 된다.

항상 그렇지만 후회는 아무리 빨라도 늦다. 아이의 준비물을 챙기면서 아이와 내일 일을 이야기하고, 하루 종일 아이를 돌보면서 같이 부대끼고, 티격태격하면서 여행지를 결정하는 지금이 바로 빛나는 시기이다. 어떻게 이 시간이 빨리 지나가나 하고 생각하다가 막상 시간이 쏜살같이 지나면 남는 것은 후회뿐일 게 분명하다. 시간은 새털처럼 무수히 남아 있는 게 아니다. 누구도 남아돌 만큼 시간을 가지고 있지는 않다. 시간이 지나는 만큼 삶이 지나가기 때문이다. 시간이 시속 10킬로미터로 가는 10대나 20킬로미터로 가는 20대, 30킬로미터로 가는 30대가 아닌, 이미 가속이 붙어 40킬로미터로 달리는 마흔 고개를 넘긴 시기에는 더 그렇다. 시간이 50킬로미터로 60킬로미터로 달리는 코스가 눈앞에 있는데 '시간아 빨리 지나가라' 하기는 너무 두렵다.

별것도 아닌 시간을, 별것도 아닌 순간을 즐기는 것은 그런 까닭이다. 잔칫날 먹자고 석 달을 굶을 수는 없는 일이다. 먼 훗날에 잔치가 열릴지 안 열릴지도 모르는 일이다. 별것도 아닌 산책, 별것도 아닌 요리, 별것도 아닌 짧은 여행은 그래서 항상 즐겁다. 이번 주토요일은 아이가 수업이 있는 토요일이다. 금요일 저녁이 되면 영화 프로를 찾아본다. 그리고 퇴근하면 아내에게 은근하게 말한다. "내일 아침에 조조할인 영화나 보러 갈까? 오늘 밤에는 아파트 뒷마당 산책이 어때?"

4

나는 무엇으로
사는가

너의 웃음, 너의 행복

:

버트런드 러셀《행복의 정복》

숨을 깊이 들여 마셨다가 내쉬었다. 크면서 높기까지 한 병원 건물은 육중한 무게로 다가왔다. 다시 숨을 깊이 들여 마셨다가 내쉬었다. 어떤 얼굴로 병실에 들어서야 할까 하는 생각이 발을 선뜻 떼지 못하게 했다. 병실에 누워 있을 후배 앞에서 어떤 얼굴을 해야 할까. 심각한 얼굴로 들어서야 할까, 아니면 뭐 그런 일 정도야 하는 표정으로 들어서야 할까. 심각한 표정이든 가벼운 표정이든 그런 표정들이 이 상황에 적당하기는 한 걸까.

본관 건물로 들어서서 엘리베이터 앞에 섰다. 엘리베이터를 타고 올라가면서도 생각은 반복됐다. 병실에 들어서니 커튼에 가려 있는 후배의 침대 끝자락이 보였다. 천천히 침대 앞으로 다가갔다.

후배의 얼굴이 보였다. 침대에 누워 있던 후배는 활짝 웃었다. 순간적으로 마음이 가벼워졌다. 덩치가 큰 후배는 꼼짝없이 침대에 누워 웃기만 했다. 웃다니. 고맙다. 고맙다는 생각이 불현듯 들었다. 사고가 난 뒤 한 달 만에 보는 얼굴이었다.

> 짐승은 몸이 성하고 배가 부르면 행복하다. 흔히 인간도 마찬가지라고 생각하기 쉽지만, 인간은 그렇지 않다. 현대 사회에서 대부분의 사람들은 이러한 조건이 충족된 상태지만 행복을 느끼지 못한다. 지금 당신이 불행하다면, 자신도 예외가 아니라는 사실을 인정하며 내 말에 선뜻 수긍할 것이다. 만약 당신이 행복한 사람이라면, 자신의 친구 중 과연 몇 명이나 행복한지 곰곰이 생각해보라.

후배는 전신마비였다. 수영장에서 순식간의 사고로 전신마비가 되었다. 다이빙을 하다 머리가 바닥에 부딪치면서 경추가 부러졌다고 했다. 충격적인 소식이었다. 소식을 듣고도 병실을 찾을 생각을 하지 못했다. 병실에 가서 무슨 말을 해야 한다는 말인가. 어떤 얼굴로 그를 보아야 한다는 말인가. 후배는 수술을 하고 중환자실과 일반병실을 왔다 갔다 했다. 몸은 마비되고 의식은 멀쩡한 상태였다. 병원을 찾았던 누군가는 가지 말라고 했다. 가서 보고 오면 가슴만 아프다는 것이다. 병원에 갈 엄두가 나지 않았다. 그리고 한 달. 더 미루는 것도 미안한 일이었다. 다녀온 사람들 말로는 그래도 회복이 빠른 편이라고 했다.

뜻밖에 후배는 활짝 웃었다. 마음대로 움직일 수 있는 것은 목 위쪽뿐이었다. 폐가 나빠져 목에 구멍을 내고 튜브를 꽂았다. 그런 몸으로 침대에 그저 누워 있었다. "야, 얼굴이 말끔해졌네." 같이 간 일행이 농담 아닌 농담을 했다. 정말 말끔해진 얼굴의 후배가 씩 웃었다. 기분이 좋아 보였다. 후배가 누워서 말을 했다. 목에 튜브를 꽂아서 목소리는 나오지 않고 입만 벙긋벙긋 한다. 입 모양을 보고 말을 알아들어야 했다. "팔하고 다리도 움직여." 자세히 보던 일행이 통역을 한다. 누워서 한쪽 팔과 한쪽 다리를 움직여 보여 준다. 아주 빠르게 좋아지는 거란다. 왼쪽 팔을 혼자 들어서 보여 준다. 왼쪽 다리도 움직여 보인다. 정말 다행이라는 생각이 든다. 먹고 싶은 거 없느냐고 물으니 술 생각도 나고 담배 생각도 난단다. 이번 기회에 담배는 끊을 생각이란다. 재활치료는 수영으로 하라고 하면서 같이 웃었다. 다른 것은 달리 해줄 수 있는 게 없어서 몸을 주물러 주다가 병실을 나왔다.

자신에게 찾아오는 즐거움을 누리면서, 자신이 마땅히 해야 할 일을 하면서, 대부분 착각이겠지만 자신보다 훨씬 행복할 거라고 상상하는 사람들과 비교하는 버릇을 버려라. 이렇게 한다면 당신은 질투에서 벗어날 수 있다.

이제 시작일 것이다. 이제 재활병원으로 옮기면 기약도 없는 시간을 보내야 하겠지. 회복이 될지 안 될지, 된다면 어느 정도까지 회복이 될지 아무 확약도 없는 재활훈련을 해야 하겠지. 그럼에도 녀석은 환하게 웃고 있었다. 웃음이라니. 더구나 그렇게 활짝 웃는 모습은 전에는 보기 힘들었다. 그런 녀석이 침대에 누워 말 그대로 활짝 웃고 있다. 그 깊은 절망 속에서 그가 본 것은 무엇이었을까? 무엇을 보았기에 그렇게 웃을 수 있는 것일까? 한쪽 팔과 다리가 조금 움직인다는 것일까? 의사의 말로는 신체마비로 재활훈련을 하던 사람들이 휠체어를 잡고 일어서는 순간에 더할 나위 없는 행복을 느낀다고 한다. 이해가 된다. 그들에게 그만한 행복이 어디 있을까. 그래도 이해가 쉽지는 않다. 그런 상황에서 행복을 느낄 수 있다는 게 말이다. 그 상황을 이해하기 어렵지만 침대에 누워서 활짝 웃는 후배의 웃음은 어떻게 받아들여야 할까.

병실을 나와 일행들과 맥주 한 잔을 놓고 둘러앉았다. 한참 같이 다니기 시작한 수영이 처음 화제에 올랐지만 이야기는 이리저리로 떠돌았다. 맥주를 마시면서 돌아본 우리들의 사정은 대부분 좋지 않았다. 한 사람은 이번 인사에서 승진이 누락되어 기분이 좋지 않았다. 한 사람은 결혼이 자꾸 늦어져서 기분이 좋지 않다고 했다. 한 사람은 주식을 잘못 사는 바람에 제법 손해를 봐서 골치를 썩이고 있었다. 한 사람은 매일매일 그날이 그날이고 즐겁지 않으니 사는 재미가 없다고 짜증을 냈다. 큰 문제는 아니었지만 당사자에게는 나름대로 큰 문제였고, 누구나 갖고 있는 단순한 문제였지만 당사자에게는 복잡한 문제였다. 소소한 것들이 쉬지 않고 피곤한 일을 만들어서 즐거운 날은 올 수 없는 것처럼 보였다.

남은 맥주 한 잔을 마저 마시고 일어나면서 우리는 서로의 문제 때문에 기분이 그다지 좋지 않았다. 분명한 것은 이 자리의 누구도 행복하지는 않다는 것이었다. 병원 정문을 지나며 들여다보니 입구의 작은 공원에는 환자복을 입은 여러 사람들이 나와 있었다. 환자복을 입고 있는 그들은 링거 병을 끌고 다니며 걷고 있거나, 휠체어를 타고 밖을 내다보거나, 벤치에 앉아 담배를 피우고 있었다. 지금 병실에 있는 후배는 그저 누워 있는 것밖에 아무것도 할 수가 없으리라. 걸어 다니는 것도, 휠체어를 타는 것도, 담배를 피우는 것도, 그 아무것도 할 수가 없으리라.

불과 몇 시간 전에 병원을 나오면서 일행 중 누군가가 '아무 문제없이 걸어 다닐 수 있으면 행복한 것'이라고 말했을 때 모두 고개를 끄덕였다. 그러나 그 말은 거짓말이 되었다. 아무 문제없이 걸어 다닐 수 있는 우리들은 아무도 행복하지 않다는 것을 서로 확인했기 때문이다. 우리가 가지고 있는 그 문제들이 우리가 불행한 이유들인 것 같지는 않았다. 어쨌든 분명한 것은 우리는 행복하지는 않다는 것이었다.

사소한 문제들이 생겼을 때 참을성 있게 버티지 못하는 사람들이 있다. 사실 이런 사소한 문제들은 자칫 그대로 놓아두면 생활의 대부분을 차지하게 된다. 이런 사람들은 기차를 놓쳤다고 씩씩거리고, 저녁 식사가 맛이 없다고 노발대발하고, 연기를 뿜는 굴뚝을 보고 절망에 빠진다. 세탁소에 맡긴 옷이 분실되면, 전체 경제체제에 대해 앙갚음을 하겠다고 별러댄다. 만일 이들이 사소한 문제에다가 퍼붓는 정력을 좀 더 현명하게 사용한다면, 제국을 세우고 다시 무너뜨릴 수도 있을 것이다.

행복의 모습은 사람에 따라 다를 것이다. 그리고 고정되어 있지도 않다. 마치 변신로봇처럼 모습도 아주 자주 바뀐다. 자신의 상황에 따라서, 또는 생각에 따라서 언제든지 모습을 바꾼다. 어제는 불행이었던 것이 오늘은 갑자기 행복이 되고, 어제는 행복이었던 것이 오늘은 불행이 되는 경우를 우리는 많이 보아 왔다. 흔하지 않지만 드문 일도 아니다. 어렵지 않게 겪는 일이다. 그것이 세상 사는 사람들의 모습이다.

지구상에는 아마 지구에 살고 있는 사람의 수만큼인 '60억 명 곱하기 수십 가지' 이상의 모습이 행복으로 존재할 것이다. 후배가 병원 침대에 눕기 전의 행복은 어떤 모습이었을까? 돈이었을까, 술이었을까, 가족과의 나들이였을까? 도대체 무엇이었을까? 지금은 무엇이 그를 행복하게 하는지 알 수 있을 것 같다. 예전처럼 몸을 움직이는 것, 그것일 것이다. 아니 예전처럼은 아니어도 자신의 힘으로 몸을 움직이는 것이겠지. 지금 상황으로는 그것도 너무 거창해 보인다. 스스로 일어나 앉는 것이나 살짝 걸어 보는 것일지도 모른다. 그것만으로도 무척 행복할지 모른다. 한쪽 손과 발을 움직이면서 저렇게 환하게 웃는데, 몸을 움직일 수 있다면 얼마나 크게 웃을 것인가. 한 달 전에 그에게 그런 것은 행복이 아니었을 게다. 그러나 예전에 아무것도 아니었던 일들이 지금은 아주 큰 행복이다.

아주 드문 경우를 제외하고는, 행복은 마치 무르익은 과실처럼 운 좋게 저절로 입안으로 굴러들어오는 것이 아니다. 그래서 나는 이 책에 '행복의 정복'이라는 제목을 붙였다. 이 세상은 피할 수 있는 불행, 피할 수 없는 불행, 병, 정신적 갈등, 투쟁, 가난, 그리고 악의로 가득차 있다. 이런 세상에서 행복하게 살기를 원하는 사람은 개개인을 둘러싸고 있는 엄청나게 많은 불행의 원인들을 다룰 수 있는 방법을 찾아내야 한다.

한 어린이 교양지가 초등학생 4~6학년을 대상으로 조사한 결과에 의하면 48%만 행복하다고 느낀다고 대답했다. 절반이 안 되는 숫자다. 또 40%가 '공부를 잘하게 되면', 25%가 '돈이 많으면' 행복해질 것이라고 대답했다. 많은 시간을 살아 내고, 많은 경험을 하고, 많은 고뇌를 거친 어른들은 자신이 언제 얼마나 행복하다고 느낄까. 그리고 어떻게 되면 행복해질 것이라고 생각할까. 초등학생

정도는 쉽게 뛰어넘는 인생의 철학이 담긴 대답을 들려줄 수 있을까. 아마 그렇지 않을 것이다.

다시 한번 생각해 보자. 무엇이 나를 행복하게 하는지, 무엇이 나를 불행하게 하는지. 왜 내가 행복하지 않은지, 왜 내가 불행한지 다시 한번 생각해 보자. 지금이 행복하다면 왜 내가 행복한지를 생각해 보자. 행복에 관해서는 아무도 답을 주지 못한다. 결국 내가 만들어 갈 수밖에 없다. 답이 나오면 잠깐이라도 답대로 살아보자. 그게 정답인지 오답인지는 겪다 보면 스스로 알 수 있다. 정답이라면 잠시의 시간이나마 행복하게 살게 된다. 자신의 행복을 찾을지도 모른다. 답이 나오지 않으면 답을 만들기 위한 고민을 해보아야 한다. 어느 날 몸을 움직이지 못하고 병원에 누워 '아, 그게 행복이었구나' 하고 알게 된다면 너무 늦다.

돈만 벌다 죽기는 억울해

:

김효정 《나는 오늘도 사막을 꿈꾼다》

소주 몇 잔에 얼굴이 불쾌해진 남자는 말이 많아진다. 옆자리에서 떠드는 말소리가 커지자 따라서 목소리가 커진다. 같은 해에 태어나, 같은 시기에 학교를 다녔고, 비슷한 과정을 거치며 살았고, 비슷한 시기에 취업을 했다. 결혼을 일찍 해서 큰 아이는 벌써 대학교에 입학을 했다. '벌써'라고 하기보다는 평균이라는 게 적당하다. 그럴 만한 나이가 되었으니까. 열변까지는 아니어도 오랜만에 자신의 말을 쏟아낸 그의 말을 한마디로 줄여 보면 이거다. "돈만 벌다 죽기는 억울해."

큰아이가 대학교 입시 준비를 할 때 그렇게 생각했단다. 작은아이까지 대학교에 입학을 하면 "입학금과 1년 등록금은 대줄테니 이제부터 학비는 너희가 알아서 해결해 보려무나" 하고 통보를 하려고 했단다. 그렇게 하려고 한 이유는 간단하다. 아이들이 제법 컸으니 눈 딱 감고 통보를 한 다음, 마음 부담 적게 일하고 짬짬이 짧은 여행이라도 다니려고 했다는 것이다. 아이들이 대학교 입학이라는 어려운 과정을 마치면 그때부터는 숨을 돌려도 되지 않겠느냐는 생각이었다. 그런데 웬 걸, 큰아이가 대학교에 들어가고 1년을 겪어 보니 입시 준비를 할 때보다 더 돈이 들기 시작했다. 등록금에 생활비에 돈이 무더기로 들어갔다. 아이들이 크면 직장생활에 대한 부담이 줄겠거니 했는데 오히려 부담은 더 커졌다. 회사에서 지원되는 학자금까지 받아 보니 기를 쓰고 회사를 다녀야겠다는 생각이 들었다.

둘째 아이가 대학 마치는 시기를 계산해 보니 힘이 있을 세월의 대부분을 직장인으로 보낼 게 뻔했다. 그것도 그때까지 회사를 다닌다고 했을 때의 일이지만 그때까지 회사를 다니고 퇴직을 하면 노년으로 접어드는 시기였다. 불현듯 그런 생각이 들더란다. '돈만 벌다 죽겠구나.'

그렇다고 한들 별 뾰족한 수가 있는 건 아니었다. 그저 묵묵히 직장을 다니는 수밖에. 별로 가진 것 없이 가정을 꾸리고 살아오느라 그 흔하다는 아파트에서도 살아 보지 못한 그는 아직 빌라에 살고 있었다. 애들이 크면 좀 편하게 살아 보려니 했는데 현실은 그게 아니었다. 애들 다 키우고 나면 남는 것은 힘 빠진 몸뚱아리와 작은 집 하나뿐일 게 뻔한데 그건 너무 억울하지 않느냐는 게 그의 말이었다. 아이들이 제 역할을 할 수 있는 때까지 돌봐 주는 게 부모의 도리이기는 하지만 무언가 기분이 착잡하다는 게 그의 말이었다. 늦은 시간에 집으로 가는 버스를 기다리던 그는 "돈만 벌다 죽기는 억울해"라고 한마디를 더 하고 버스에 올랐다.

나는 가슴 뛰는 삶을 살고 싶었다. 도전하지 않고, 시도하지 않고 가슴 뛰는 삶을 살 수는 없다. 내 가슴을 뒤흔드는 그 무언가를 저지르려면 용기가 필요하다. 아직 젊은 내가 도전하지 못할 일은 없다. 나는 두 가지를 위해 내 젊음을 완전연소 시키기로 마음먹었다. 하나는 영화이고, 하나는 사막레이스다. 밤새워 영화를 만들고, 한 작품이 끝나면 어렵게 휴가를 얻어 사막에 가서 뛰고, 아니 걷고……

집으로 돌아오는 전철은 사람들로 가득했다. 하루의 피곤을 담고 술 냄새에 몸을 적신 사람들은 앉거나 기대서 지친 몸을 쉬고 있었다. 붐비는 사람들 틈새로 펼쳐든 신문에서 '가슴 뛰는 일을 하라'는 큰 제목이 눈을 잡아당겼다. 지금 이 전철 안에 있는 사람들은 가슴 뛰는 일을 하고 돌아오는 것은 아닐 것이다. 하기 싫은 일, 억지로 하는 일, 먹고 살아야 하기 때문에 하는 지긋지긋한 일, 그런 일을 하고 돌아오는 길일 것이다. 생활의 피곤에 찌든 이 사람들에게 신문을 들이대고 '가슴 뛰는 일을 찾으랍니다' 한다면 뭐라고 대꾸를 할까? 미친 놈 보듯 하거나 귀싸대기를 맞을지도 모를 일이다.

돈만 벌다 죽을 게 뻔해서 억울한 현실과 가슴 뛰는 일을 하라는 이상론은 접점이 없어 보인다. 돈만 벌다 죽을 것 같아서 억울하다고 말하던 그는 가슴 뛰는 삶의 연결 고리를 찾을 수 없을 것이다. 가슴 뛰는 삶이 없는 그는 그래서 더 억울하지 않을까? 두 삶의 차이는 어디서부터 생겨난 것일까. 어느 영화의 대사처럼 가슴 뛰는 일을 찾아 나서기에는 너무 멀리 온 것처럼 보인다.

한 달쯤 지나서 다시 만났을 때 그는 뜻밖의 말을 했다. 쑥스러운 표정으로 하고 싶은 일을 한번 해보려 한다는 것이었다. 아주 조심스러웠고 아주 낯선 단어를 입에 올리는 듯한 표정이었다. 지난번 만났던 그날 집으로 가는 길에 같은 신문을 본 듯 '가슴 뛰는 일'이라는 말을 입에 올렸다. 돈벌이만 하다 죽을 것 같아서 억울하다는 말을 내뱉던 그를 생각하면 뜻밖의 말이었다. 궁금했다. 도대체 그에게 하고 싶은 일은 무엇인지. 너무 멀리 온 것 같은 시점에 그는 어떤 하고 싶은 일을 발견했는지.

대답은 듣지 못했다. 다만 그 일의 성격을 자기 스스로 명확히 하고 있다는 건 알 수 있었다. 그가 스스로 정한 성격은 이것이었다. 못하고 그냥 지나가면 안타까운 일. 해보지 못하고 늙어 버리면 억울할 것 같은 일. 그게 그 스스로 정한 하고 싶은 일의 기준이었다. 그는 '투트랙 전략'이라고 했다. 두 가지를 동시에 추진하는 전략. 어느 하나를 버릴 수 없기에 두 가지를 동시에 추진해서 최대의 성과를 얻어내는 방법이다. 먹고 살아야 하고 아이들 뒷바라지도 해야 하는 현실적 상황을 고려해서 먹고 살면서 하고 싶은 일도 해보는 투트랙 전략을 쓰겠다는 것이다. "그렇게 무언가 하다 보면 기분이 좋아질 것 같아서." 그는 이미 기분이 좋아 보였다. 그러다 기회가 주어지면 본격적으로 뛰어들어 보겠다고 그는 또 말했다. "그렇게 되면 정말 가슴이 뛰겠지?"

사하라 사막마라톤 당시 내가 가장 많이 한 말은 "행복하다"였다. 나는 내 능력에 맞춰 즐기며 꿈을 향해 걸었다. 몸은 말할 수 없는 고통에 쩔쩔맸지만, 내 머리, 내 가슴은 사람과 세상과 우주를 향해 활짝 열리는 느낌이었다. 사하라 사막에서 맛본 희열은 영원히 내 가슴에 남을 것이다. 아직 그에 견줄 수 있는 기쁨은 없었다.
완주자들은 박수를 받았다. 순위에는 연연하지 않았다. 얼마나 즐기고 행복감을 느꼈느냐가 가장 중요했다. 중도 포기자들은 아쉬움에 눈물지었으나 결코 패배자는 아니었다. 도전 기회는 또 있을 것이고, 그들은 계속 꿈꿀 수 있기에 오히려 행복할 수 있다.

오지여행가이고 월드비전 긴급구호팀에서 활동한 한비야는 '가슴 뛰는 일'을 하라고 말한다. "지금 가슴 뛰는 일을 하고 있느냐"고 묻는다. 그 질문에는 아무런 답을 할 수가 없다. 지금 하는 일이 가슴 뛰는 일이라고 잘라서 말할 자신이 없어서이다. 대답은 고사하고 어떤 일이 나의 가슴을 뛰게 하는지조차 생각해 본 적이 별로 없다. 대부분 먹고 사는 일에 쫓겨서 심장이 뛰도록 일은 해보았지만 가슴이 뛰는 일에 대해서는 깊이 생각해 볼 겨를 없이 살아왔다. 삶은 그렇게 사는 것인 줄 알고 살아왔다.

먹고 살기에도 바쁜 사람들에게 가슴 뛰는 일을 찾으라는 말은 가슴에 불을 지른다. 그들에게도 개개인의 삶이 있기 때문이다. 그들에게도 숨겨 놓은 욕망이 있기 때문이다. 그러나 불을 끌 수 있는 방법은 누구도 가르쳐 주지 못한다. 가슴은 타들어 가는데 불을 지켜보기만 해야 하는 것은 괴로운 일이다. 불은 스스로 꺼야 한다. 가슴 뛰는 일을 찾아내서 끄거나 세상의 차디 찬 물을 끌어다 꺼야 한다. 그래서 선뜻 몸을 던지지 못한다. 뒷감당을 해낼 자신이 없기 때문이다. 어떤 사람들은 발 한쪽만 슬쩍 담그고 지켜보는 걸로 그친다. 지켜보면서 속만 태운다. '저게 나의 길인지 모르는데.' 그렇게 시간은 지나간다.

"마흔다섯의 아저씨도 저렇게 꿈을 좇아 사막을 달리는데 스물다섯의 넌 도대체 이 좁은 침대에서 뭘 하는 거야! 도대체 뭘 하고 있는 거야!"
나 자신을 바라보고선 화가 치밀었다. 심장은 이미 온몸이 흔들릴 정도로 뛰고 있었다. 정확히 2001년 6월 3일, 나는 다짐했다. "저곳, 사하라에 가겠어!" 사하라 사막마라톤 출발선에 배낭을 메고 서 있는 나를 상상했다. 어느새 나는 이를 악물고 두 손을 꽉 쥐었다. "이 청춘을 이렇게 내버려 두지는 않을 거야!"

마흔 넘은 남자가 자신의 존재를 증명할 수 있는 방법은 그리 많지 않다. 회사에서는 열심히 일하는 게 그 한 가지다. 일로 인정을 받는 것이다. 또 한 가지는 가정에서의 자리다. 부여된 자리는 남편과 아버지인데 그 역할은 의문스럽다. 아내나 아이들도, 스스로도, 그 자리의 존재감을 별로 느끼지 못한다.

그래서 남자들은 일에 빠져든다. 자신의 위치를 확인할 수 있는, 무언가 성취를 할 수 있는 가장 가까운 게 일이기 때문이다. 그럴수록 가정에서는 더 멀어진다. 존재의 증명을 위한 또 다른 방법은 술을 마시는 것이다. 비정하고 빈틈없이 짜여 있는 도시와 직장의 구조 속에서 다른 사람들과 끈으로 연결되어 있음을 느낄 수 있는 가장 쉬운 방법이 술이다. 서로 같은 생각을 가진 사람들이 모인 술자리는 길게 늘어지고 폭탄주를 들이붓는다. 강하고 세게 결속력을 확인하고 싶어서이다.

일에 취해서 술에 취해서 살아가는 남자는 무엇이 하고 싶은 일인지, 무엇이 가슴을 뛰게 하는지 알지 못한다. 생각해 볼 시간도 생각해 보려 하지도 않는다. 그게 삶의 전부인 줄로 알고 살아간다. 그저 돈을 벌고, 그저 술을 마시고, 그저 나이를 먹고, 그저 죽어간다. 일에 빠져서 혹은 술에 취해서 자신의 존재를 증명 받아야 한다면 그건 슬픈 일이다. 돈만 벌다 노인이 되고 그대로 사라지기는 정말 억울하지 않은가. 젊은 시절에는 취직 공부를 하느라 청춘을 그대로 흘려보내고, 나이가 들어서는 가족들을 먹여 살리느라 또 시간을 그대로 흘려보내고 있다. 생각해 보면 그 성성한 젊은 시절에도 제대로 무엇에 미쳐 보지 못하고 지나왔다. 뜨거운 연애를 제대로 한 것도 아니고, 공부를 죽기 살기로 한 것도 아니고, 지리산을 걸으며 탈진을 해본 것도 아니었다. 취직 공부를 하고 취직을 하니, 청춘은 지나갔다. 나이가 드니 제대로 무엇에 미쳐 보기는 더 힘들어졌다. 하고 싶은 무엇에 미쳐 보기는커녕 먹고 사는 문제로 미칠 지경이 되어 버렸다. 시간은 또 이렇게 지나갈 것이다. 그리고 늙어갈 것이다. 그러나 생각해 보면 돈은 돈이고 삶은 삶이다. 무언가에 한 번도 미쳐 보지 못하고 삶을 마치는 것은 정말 억울한 일이다.

평균 수명이 90세인 시대에 마흔을 넘어선 나이는 절반밖에 살지 않은 셈이다. 이제야 인생의 후반전이 시작된다. 평균수명대로 산다면 살아온 시간만큼 더 살아야 한다. 그 긴 시간은 고통의 시간이 될 수도 있고 새로운 삶을 살아가는 시간이 될 수도 있다. 누가 이 일을 왜 하느냐고 물었을 때 하고 싶은 일이기 때문이라고 대답할 수 있는 게 분명히 누구에게나 있을 것이다. 삶의 가치를 느끼게 하는, 내가 살아 있구나 하고 자신의 존재를 느끼게 하는 일이 있을 것이다. 더 망설이지 말고 그 일을 찾고 그 일에 한 번은 미쳐 보자. '그래 나 미친 남자다.' 이렇게 한번 말해 보자.

나는 무엇으로 사는가

:

미치 앨봄 《모리와 함께한 화요일》

'사람은 무엇으로 사는가.'

톨스토이의 작품에서 땅에 내려온 천사 미하일은 세 가지 질문의 답을 찾으려 한다. 세 가지 질문 중 하나는 작품의 제목 그대로인 '사람은 무엇으로 사는가.'

누구는 돈으로, 누구는 밥으로, 누구는 건강한 몸, 누구는 복수심으로 살아간다. 또 누군가는 자식으로, 취미로, 자신의 일로, 꿈으로 산다. 질문에 대한 답은 지구상에 살고 있는 사람들의 숫자만큼 많을 것이다. 사람이 살아가는 이유는 저마다 다를 것이고 사람을 살아가게 하는 것도 저마다 다르다. 천사 미하일이 찾은 답은 '사랑.' 답을 찾은 천사는 하늘로 올라간다. 천사는 답을 찾아서 만족스럽게 하늘로 올라갔지만 그가 찾은 답이 정답인지는 모를 일이다. 모두가 자신만의 답을 가지고 살기 때문이다.

> 작은 것들은 순종할 수 있지. 하지만 어떻게 생각할지, 어떤 가치를 중요하게 여길지 등줄기가 큰 것들은 스스로 결정을 내려야 하네. 다른 사람이—혹은 사회가—우리 대신 그런 사항을 결정하게 내버려 둘 순 없지.

퇴근을 하는 길이었다. 일이 늦어 평소보다 조금 늦게 버스정류장에 도착했다. 정류장에 도착하자마자 버스 한 대가 출발하고 있었다. 달려가 버스를 잡으려 했지만 버스는 이미 차도로 들어섰고 운전기사는 차를 세우려다가 그냥 가버렸다. 어쩔 수 없이 다음 차를 타야 했다. 5분 정도의 시간이 지나고 다른 버스가 왔다. 버스에 앉아 눈을 감고 잠을 청했다. 잠은 쉬 오지 않아서 눈만 감고 있는데 버스가 평소와 다르게 천천히 가고 있었다. 눈을 떠보니 심한 교통 정체였다. 차가 그렇게 막히는 시간이 아닌데 도로는 차들로 꽉 차 있었다. 한참 동안을 거북이처럼 가다 보니 그 이유를 알 수 있었다.

앞쪽에서 사고가 나는 바람에 도로 중간이 막혀 있었다. 사고가 난 트럭의 앞부분이 먼저 보였다. 어떤 차와 정면충돌을 했는지 트럭 운전석과 앞부분이 움푹 들어가 있었다. 대형 사고였다. 트럭과 충돌한 차는 버스였다. 버스는 한쪽으로 튕겨져 나가서 도로 중간에 멈춰 있고 구급차들이 잇달아 버스 주변으로 몰려들었다. 구급차들이 버스에서 사람을 실어내는 동안 또 다른 구급차들이 달려왔다. 사고 난 버스가 눈에 익는다 싶어서 자세히 보니 그 버스는 조금 전에 내가 타려고 했던 바로 그 차였다. 놀라서 입이 벌어졌다. 구급차에 실리고 있는 사람이 나였을 수도 있었다.

사고 지점을 지나쳐 오면서 이런저런 생각이 들었다. 만일 저 차를 탔더라면 어떻게 되었을까? 평소처럼 퇴근을 했더라면, 힘껏 달려가서 차를 세웠다면, 저 버스를 탔을 것이다. 그렇다면 나는 지금 어떻게 됐을까? 무사할까, 아니면 치명적인 사고를 당했을까? 생각은 이어져 나갔다. 저 버스를 타서 회복할 수 없는 사고를 당했다면 나는 지금 이 순간 어떤 사람으로 남게 될까? 가족과 주변에서는 나를 어떤 사람으로 기억하게 될까? 지금 이 순간까지 나는 어떻게 무엇으로 살다 간 걸까?

우리의 문화는 죽음이 임박할 때까지는 그런 것들을 생각하게 놔두지 않네. 우리는 이기적인 것들에 휩싸여 살고 있어. 경력이라든가 가족, 주택 융자금을 넣을 돈은 충분한가, 새 차를 살 수 있는가, 고장 난 난방장치를 수리할 돈은 있는가 등등. 우린 그냥 생활을 지속시키기 위해 수만 가지 사소한 일들에 휩싸여 살아. 그래서 한 발 뒤로 물러서서 우리의 삶을 관조하며, '이게 다인가? 이게 내가 원하는 것인가? 뭔가 빠진 건 없나?' 하고 돌아보는 습관을 갖지 못하지.

그날 그 버스를 타고 사고를 당했다면 나의 이미지로 남겨질 것
들은 아주 단출했다. 우선 회사원이라는 명함이 남을 것이다. 직업
은 그 사람의 삶을 규정하는 대표적인 요소이니 회사원이라는 명함
은 빠지지 않을 게다. 쉽게 말해서 회사원으로 살다 떠난 것이다.
또 하나는 중년이라는 나이. 땅위에서 얼마나 살다 땅 아래로 내려
갔느냐이다. 중년의 나이라면 아까운 나이지만 아주 안타까운 나이
가 아닐 수도 있다. 그보다 훨씬 젊은 나이에 세상을 등진 사람도
적지 않은 것이다. 한 아이의 아버지, 한 여자의 남편이라는 것도
남겨지는 이미지 중의 하나일 것이다. 시간이 제법 지나고 난 뒤에
는 어떨까? 남은 사람들에게 어떤 사람이었다는 기억으로 남겨질
까? 성격 안 좋은 사람, 까칠한 사람, 혹은 좋은 사람, 후덕한 사람,
아까운 사람······.

아니 남들에게 남겨지는 기억은 제쳐 놓자. 그것보다 더 중요한
것은 스스로 돌아본 자신의 모습일 것이다. 그날 그때까지 나는 무
엇으로 살아왔을까? 중년의 나이까지, 한 사람의 회사원으로, 한
아이의 아버지로, 한 여자의 남편으로······. 그 외엔 나를 규정할
만한 게 또 뭐가 있을까? 나는 어떻게 살다가 어떻게 떠난 걸까?
나는 그 나이까지 무엇으로 살다가 떠난 것일까?

어떻게 죽어야 좋을지 배우게. 그러면 어떻게 살아야 할지도 배우게
되니까.

젊어서 학생 운동을 하다 교도소에 갔다 온 후배가 있다. 어떻게 살아야 하는가를 고민하던 후배는 자신의 가치관과 이념대로 행동을 했고, 그 가치관을 표현하려 길거리에 섰다가 경찰에 잡혔다. 회유를 받았지만 신념을 굽히지 않았고 길지 않은 시간이지만 교도소에 갇히는 경험을 했다. 그렇게 어렵게 지켜 온 가치관을 후배는 학교를 졸업한 뒤 깊숙이 묻어 버렸다. 당장 취업과 생활이라는 현실이 몸을 지배했다. 삶의 지난함과 몸의 불편함보다 앞서 있던 가치관은 간단하게 몸과 현실에 역전 당했다. 역전은 아주 쉬웠다. 현실은 피할 수 없었던 반면에 가치관은 깊이 묻어 버려도 생활에 아무런 지장이 없었다. 생활은 간단하게 이념을 잠식했다.

이런저런 장사를 하던 후배는 우여곡절을 겪고 지금은 중소기업에서 일한다. 적은 월급에 입만 열면 돈 타령이고 중소기업이라는 사회적 브랜드가 마음에 들지 않아 큰 회사로 옮길 궁리만 한다. 젊은 날에 어떻게 살아야 하는가에 대한 고민으로 감옥까지 갔다 온 후배는 어떻게 먹고 살아야 하는가에 대한 고민으로 전향을 해버렸다. 그것도 다시는 돌아올 것 같지 않은 전향이었다. 그리고 그렇게 마흔을 훌쩍 넘었다.

사는 것은, 생활을 유지한다는 것은, 그렇게 모든 것에 앞선다. 그래서 몸을 던져 지킨 가치관마저도 쉽게 버리도록 만들어 놓는다. 그게 현실이고 정직한 모습이다. 그래서 사람들은 어떻게 살 것인가를 고민하지 않는다. 대신 어떻게 먹고 살 것인가에 대한 고민으로 날을 보낸다. 어떻게 먹고 살 것인가의 문제는 가장 힘이 세다. 모든 것을 부러뜨리고 왜곡시킬 수 있는 힘이 있다.

이 나라에서도 그런 식으로 사람들을 세뇌시키네. 물질을 소유하는 게 좋다. 돈은 더 많을수록 좋다. 더 많은 것이 좋다. 우리는 계속해서 그걸 반복하지. 또 그 소리가 우리에게 그것을 반복하도록 하네. 그러다가 결국 아무도 다르게 생각할 수 없게 되네. 보통 사람은 이 모든 것에 눈이 멀게 되지. 그래서 진짜 중요한 게 뭔지 아무도 생각하지 못하게 되네.

먹고 살기조차 버거운 이 시대에, 먹고 살기 위해 전력으로 질주해야 하는 이 시대에, 어떻게 살 것인가의 문제를 끄집어내는 것은 아무런 의미가 없다. 젊은 시절에 이미 폐기처분한 그런 문제를 되새기는 것은 더더욱 웃기는 일이다. 젊어서 마르크스주의자가 되어 보지 않은 자도 바보요, 나이 들어서 마르크스주의자로 남아 있는 자도 바보라는 칼 포퍼의 말처럼 젊어서와 나이 들어서의 판단 기준은 완연히 달라진다. 마흔이 넘어서도 어떻게 살 것이냐를 고민하는 인간은 두 가지 종류 밖에 없을 것이다. 배가 부르거나 미쳤거나.

배가 부르지도 미치지도 않은 상태로 살아가던 어느 날 느닷없이 날아온 '나는 무엇으로 사는가'라는 질문은 참 아리고 쓰렸다.

낫지 않은 상처에 소독약을 들이부은 것처럼 시원하면서도 따끔따끔했다. 질문에 내어놓을 만한 답변은 없었다. 아침에 간신히 눈을 뜸과 동시에 쳇바퀴 돌아가듯 살아가는 현실. 아니 눈을 뜨는 것조차도 쳇바퀴 속에서 이루어지는 현실. 생활과 돈벌이만 남고 그 외에는 아무것도 없는 현실. 그 속에서 생각할 수 있는 것은 그리 많지 않았다. 더구나 나는 무엇으로 사는가, 나는 지금까지 무엇으로 살아왔는가 라는 질문은 누구도 입 밖으로 내놓지 않았다.

루게릭 병으로 천천히 삶을 마치는 과정에 있는 모리는 그의 제자인 미치 앨봄에게 강의를 한다. 학생은 단 한 명, 강의 주제는 인생의 의미. 책도 없는 그 강의의 기간은 교수가 숨을 멈출 때까지. 죽어 가는 모리가 알려주는 것은 간단하다. 삶이라는 여행에서 버려야 할 짐은 무엇인가, 살면서 끌어안아야 할 짐은 무엇인가.

어떻게 먹고 살 것인가에 매달려 있는 시간 동안 일어났던 삶의 왜곡은 버려야 할 짐과 끌어안아야 할 짐의 왜곡이었다. 버려야 할 것은 끌어안고 끌어안아야 할 짐은 버리면서 살아간다. 그것이 삶을 유지하는 방법이라고 믿고 앞으로도 그렇게 믿고 살아갈 것이다. 그런 왜곡이 그나마 지금까지의 삶을 유지시켜 준 걸까? 반대로 살았다면 더 궁핍하고 불행하고 실패한 삶을 살았을까? 모를 일이다.

사람은 성장하면서 점점 많은 것을 배우지. 스물두 살에 머물러 있다면, 언제나 스물두 살만큼 무지할 거야. 나이 드는 것은 단순히 쇠락만은 아니네. 그것은 성장이야. 그것은 곧 죽게 되리라는 부정적인 사실 그 이상이야. 그것은 죽게 될 거라는 것을 '이해'하고, 그 때문에 더 좋은 삶을 살게 되는 긍정적인 면도 지니고 있다구.

그날 버스 사고로 다시 태어났다는 식의 말은 하자는 건 아니다. '지금 이 순간까지 나는 무엇으로 살아온 걸까'라는 질문도 이미 때가 늦었다. 그 시간은 지나가 버렸기 때문이다. 또 다른 어느 날, 다시 버스사고가 나거나 그런 순간이 왔을 때, 그때 다시 한번 '나는 무엇으로 살아온 걸까'라는 질문이 생긴다면 그때는 답을 할 수 있게 하자는 거다.

어떻게 먹고 살아야 하는가는 누구도 벗어날 수 없는 삶의 문제다. 그러나 어떻게 사느냐의 문제도 그에 못지않은 삶의 문제다. 마흔은 의문이 시작되는 시기다. 이게 진짜 맞는 것인지, 자신이 제대로 된 삶을 살고 있는 것인지 의문이 든다면 모리를 만나 볼 일이다. 먹고 산다는 것 이상의 삶, 그것에 대해 다시 생각해 볼 시기가 마흔이다. 스스로에게 질문을 던져야 한다. 나는 무엇으로 사는가.

어떤 노후를 살고 싶은가

⋮

윌리엄 새들러 《서드 에이지, 마흔 이후 30년》

한 사람이 있다. 초등학교 교사를 하다 정년퇴직을 했다. 평생 동안 열심히 일만 하다가 퇴직을 했더니 마땅히 할 일이 없었다. 무엇을 할까 이리저리 궁리를 해봐도 뾰족한 수가 생기지 않는다. 컴퓨터를 배우기로 했다. 재미가 있지는 않았지만 1년이 넘도록 컴퓨터를 배우고 있다. 가장 몰두하는 건 자판연습. 밤늦게까지 자판연습을 한다. 목표는 타수를 올리는 것이다. 자판연습을 하느라 밤을 지새우고 새벽에 잠이 든다. 밤에는 자판연습을 하고 낮에는 잠을 자느라 대문을 나서지 못한다. 그렇게 시간이 간다.

또 한 사람이 있다. 대기업에서 이사를 지내고 퇴직을 했다. 나름대로 성공한 삶이었다. 정신없이 일을 하고 정신없이 지나간 직장생활이었다. 기업의 별이라는 이사 자리에도 올랐다. 퇴직을 하고 나니 마냥 쉬기에는 힘이 남았다. 퇴직금으로 편의점을 열었다. 1년여 편의점을 해보니 몸도 힘들고 계속할 마음이 생기지 않았다. 편의점을 접고 이번엔 핸드폰 판매점을 시작했다. 그것도 마음에 차지 않았다. 그것마저 그만두니 더 이상 무언가 할 엄두가 나지 않았다. 지방으로 내려가 전원주택을 지었다. 공기 좋고 풍경 좋은 전원주택에서 하루 종일 하는 일은 텔레비전을 보는 것이다. 아침에 눈 뜨면서 텔레비전을 켜고 밤에 잠들면서 텔레비전을 끈다. 그게 하루의 전부다.

"우리가 90세 혹은 100세 정도까지 무리 없이 살 수 있을 것으로 기대할 때, 그 나이에도 40세나 70세 때만큼 젊게 살 수 있다면 우리가 할 만한 일이 없다는 것은 그만큼 인적 자원의 비극적 낭비가 아닐까?"

어찌 보면 두 사람은 부러운 삶을 살았다. 젊어서는 자신의 분야에서 열심히 일하며 역할을 다했고 가족 부양도 소홀하지 않았다. 자식들도 가정을 꾸려 분가시켰다. 실업자가 넘쳐나는 시대에 남들처럼 중도에 실직하지 않고 정년퇴직을 했다. 먹고 살 걱정도 없고 건강도 나쁘지 않다. 성공적인 삶의 궤적을 그려 왔다.
　문제는 그 이후에 있었다. 일에 파묻혀 바쁘게 시간을 보내느라 퇴직 이후에 대한 생각을 하지 못했다. '어떻게 되겠지'라는 막연한 생각은 착각이었다. 막상 퇴직을 하고 보니 막연히 되는 것은 아무것도 없다는 걸 몇 달이 지나기 전에 알 수 있었다. 소일거리를 찾느라 여기저기 기웃거려 보아도 마음이 내키지 않고 마땅히 하고 싶은 걸 찾기 힘들었다. 컴퓨터를 꼭 배워야 할 이유는 없었지만 소일거리 삼아 시작하니 그게 시간을 메우는 하나의 핑계가 되어 버렸다. 필요하지 않은 컴퓨터 배우기에 밤을 새우고 새벽에 잠을 청하면 그래도 뭔가 하는 듯한 기분이 들었다.

대기업 이사로 퇴직하고 편의점과 핸드폰 대리점을 열었던 것도 특별히 돈이 필요해서는 아니었다. 바쁘게 일하다 몇 달 쉬어 보니 사는 게 너무 허전하다는 생각도 들고 아직 일을 할 만한 기력이 충분하니 경제활동을 해보자는 심산이었다. 새로운 경험을 시도한 것은 좋았지만 일을 시작하고 보니 자신이 해온 일과는 성격이 맞지 않았다. 몇십 년 동안 겪은 업무와 너무 다른 일이어서 일을 하면서도 고생이 심했다. 자신에게 적합한 다른 일을 찾아다녔지만 결국 찾아내지 못했다.

평생 일을 했으니 그럼 공기 좋은 곳에서 쉬어 보자는 생각에 전원주택을 지어 입주했다. 전원생활은 만족스러웠지만 할 일이 없었다. 먹고 자고 집 주변을 산책하는 게 모든 일과가 되었다. 텔레비전이 친구가 되었고, 공기 좋고 풍경 좋은 곳에서 하루 종일 텔레비전을 보면서 시간을 보낸다.

퇴직을 하고 컴퓨터 배우기에 몰두하고 있는 전직 초등교사에게는 마흔에 가까워지는 딸이 있다. 소프트웨어 엔지니어로 일하는 그녀는 어느 날 글쓰기 모임에 등록을 했다. 글쓰기 모임에 나가도록 영향을 준 것은 아버지. 그녀는 아버지의 모습을 보고 자신의 노후가 저런 모습이라면 바람직하지 않다고 생각했다. 노후에 대해서 한 번도 생각해 본 적은 없었지만 자판연습을 하면서 날을 지새우고 텔레비전을 보면서 날을 보내는 노후는 그녀가 원하는 모습이 아니었다. 이제 마흔으로 다가서는 그녀는 지금부터 자신의 노후를 준비해야겠다고 생각했다. 고심을 거쳐 시작한 것이 글쓰기 공부다.

그녀는 앞으로 5년 동안만 직장생활을 할 계획이다. 그 이후에는 자신이 공부하고 싶었던 분야로 다시 대학 진학을 해서 새로운 길을 걸으려 생각하고 있다. 그녀가 평생 동안 공부를 계속하기로 마음먹은 글쓰기는 자신의 새로운 길을 받쳐 줄 디딤돌로 삼으려 한다. 글쓰기가 어느 정도 궤도에 오르면 자신이 하고 있는 일에 관련된 책을 내고 그 책을 토대로 또 한 번의 도약을 생각하고 있다. 글을 쓰고 책을 내는 일은 나이가 들어도 계속할 수 있는 일이라는 게 그녀가 글쓰기를 택한 가장 큰 이유다. 현역에서 물러나면 그동안 체득한 지식과 경험으로 본격적인 글쓰기에 뛰어들 생각을 하고 있다. 계획대로라면 그녀는 자판연습을 하면서 밤을 새거나 전원주택에서 텔레비전에 매달려 하루를 보내는 노후를 맞지는 않을 것이다.

삶에 만족하지 못할수록 죽음에 대한 불안이 커진다. 자신이 언젠가 죽을 운명임을 아는 것이 매튜로 하여금 삶과 화해하게 했고 우선순위를 다시 조정하게 했으며 자아실현에 전념하게 했다. 융처럼 그는 이것을 소명이라고 보았다. 그가 말했다. "우리는 신의 유일무이한 피조물입니다. 그래서 우리에겐 잠재 능력을 최대한 발휘할 의무가 있다고 생각해요."

공기업 사장으로 퇴직을 한 어떤 이는 사진작가로 변신했다. 사장직을 그만둔 후 한두 나라씩 다니면서 세계여행을 시작한 그는 사진작가로 제2의 인생을 다졌다. 자신의 꿈이었던 세계여행도 하고 여행 중에 찍은 사진으로 개인전을 열었다. 자신의 꿈과 퇴직 이후의 삶을 잘 조화시킨 사례다.

건설회사 사장을 지낸 또 한 사람은 은퇴 이후 대학교에 편입을 했다. 어린 시절부터 꿈이었던 화가의 길을 가려고 회화과에 편입을 한 것이다. 내친 김에 대학원까지 마친 그는 화가로 데뷔했다. 이루지 못했던 꿈을 노년에 실현한 경우다.

이런 사례는 적지 않게 볼 수 있다. 노후에 대한 마음가짐과 준비가 있던 사람들은 노후가 되면 진정한 자신의 모습으로 돌아가 삶을 즐긴다. 그렇지 못한 사람들은 무기력과 짜증으로 긴 노후의 시간을 채워야 할지도 모른다. 마흔이 넘어서면 노후에 대한 대비를 시작해야 한다. 일부러라도 시간을 내서 자신의 노후에 대한 청사진을 마련해야 한다. 그것도 탄탄한 청사진을 말이다.

거칠게라도 청사진이 완성되면 그다음은 도전이다. 도전조차 어렵다면 가슴속에 그러한 마음을 담아서 쌓아 놓는다. 마음이 있다면 언젠가 기회는 온다. 젊어서부터 조금씩 쌓아 가는 '노후 마일리지'는 그 순간이 눈앞에 닥쳐 왔을 땐 큰 기쁨으로 삶을 채워 준다.

우리는 누구나 중년기 삶에 대한 통속적인 신화에 어느 정도는 포로가 되어 있다. 예를 들어, 중년기 삶에는 결국 언젠가는 위기가 찾아오게 되어 있다고 생각한다. 하지만 그건 사실이 아니다. 살아가면서 위기는 나이에 상관없이 찾아온다. 사춘기 10대 때에도 위기는 오고, 20대 청춘의 시기에도 위기는 온다. 또한 우리는 나이가 들수록 비참한 기분에 젖을 수밖에 없다고 믿는다. 그러나 그것은 부분적으로 대중매체에서 나이 들어감을 그런 식으로 표현하는 데에서 기인한다.

마흔이 넘어서도 자신의 노후가 어떨 것인지 상상이 되지 않는다면 당장 상상을 시작해야 한다. 오두막집을 지어도 설계도가 있거나 어떤 모양으로 지을 것이라는 구상이 있어야 집을 지을 수 있다. 무조건 시작만 하면 그럴듯한 집이 지어질 것이라는 생각은 착각이다. 아무 생각 없이 집을 지으면 포근한 방이 아니라 벽이나 천정이 없는 집이 만들어질 수도 있다. 자판연습을 하면서 밤을 지새우거나 하루 종일 텔레비전을 보면서 노후의 삶을 보내고 싶지 않다면 어떻게 해야 할까? 답을 모르는 사람은 없다.

지도를 그려라, 미래를 그려라

⋮

무라카미 하루키 《달리기를 말할 때 내가 하고 싶은 이야기》

공부를 잘해야 한다고 세상은 말했다. 좋은 직장에 취직을 하라고 말했다. 열심히 일하고 하고 싶은 것이 있어도 참고 살아야 한다고 했다. 무엇보다 돈을 많이 벌라고 일러줬다. 그것이 세상의 가르침이었다. 그렇게 살아야 한다고 세상은 가르쳐줬다. 가르쳤다는 말은 지식이나 이치를 깨닫게 한다는 것이고, 가리키다는 말은 어떤 방향이나 대상을 집어서 보이거나 알리는 것을 말한다. 사전적 어의를 따진다면 세상은 가르쳐 준 것이 아니라 가리켜 준 것이었다. 그쪽에 그런 길이 있다고, 그 길이 가장 좋고, 그 길이 가장 빠르고, 그 길이 가장 안전하다고 가리켜 주었다. 그러니 그 길로 가라고 했다.

세상의 가르침은, 아니 가리킴은 아주 오랫동안 사람들을 이끌어온 지도였다. 모범답안처럼 정답인 지도가 모두에게 제시되었고 누구나 그 지도에 그려져 있는 길을 따라 걸었다. 앞서기도 하고 뒤서기도 하면서 지도 위에 그려져 있는 길을 충실히 밟아 갔다. 세상이 알려준 길은 나쁘지 않았다. 현실적인 정답이 그 지도에 있었다. 다른 사람보다 빨리 뛰는 사람이 있는가 하면 넘어져 쓰러진 사람도 있었고, 길을 벗어나 다른 길로 접어든 사람도 있었다. 그러나 대부분은 그 길 밖으로 튀어나가지 않았다. 튀어나가려고 하지도 않았다. 길 밖으로 튀어나간다는 것은 두려움과 불확실성을 친구로 삼는 행위였다. 그렇기에 세상이 가리켜 준 길대로 걸어 공부를 했고 취직을 했고 가족을 부양했다. 나쁘지 않았다.

세상이 만들어 준 지도는 내비게이션과 같다. 편하고 빠르게 갈 수 있다. 알려준 그대로 가기만 하면 된다. 가야 할 길에 대한 고민도 크게 줄여 준다. 정답이 나와 있는 마당에 굳이 다른 답을 찾으려는 노력을 하지 않아도 된다. 내비게이션은 편리함과 효율성이 특징이다. 천편일률적으로 입력된 길, 무조건 빨리 가고 무조건 최단 경로로 가는 길을 알려준다. 빠르고 쉽게 가려 한다면 그것만큼 좋은 선택은 없다.

세상을 살고 나이가 들면 내비게이션이 무조건 좋은 것만은 아니라는 걸 알게 된다. 내비게이션은 길을 가는 사람이 산길을 좋아하는지, 시골길을 좋아하는지, 고속도로를 좋아하는지는 상관하지 않는다. 그저 빨리 쉽게 가는 길, 그걸 찾아내는 목적에만 충실하다. 그것뿐인가? 길을 찾는 능력과 감각을 떨어뜨려 길치로 만들기도 한다. 갈수록 공간 감각이 떨어지고 나중에는 내비게이션이 시키는 대로 따라 하는 능력만 남게 된다. 남이 알려 준 길에 의지해서 살아 온 사람들은 자기 손으로 지도를 그리지도 못하고, 지도를 읽지도 못하게 된다.

어제의 자신이 지닌 약점을 조금이라도 극복해가는 것, 그것이 더 중요한 것이다. 장거리 달리기에 있어서 이겨내야 할 상대가 있다면, 그것은 바로 과거의 자기 자신이기 때문이다.

번듯한 직장에서 적지 않은 연봉을 받으며 중간 간부로 일하는 한 사람은 중장비 운전을 배우겠다는 계획을 세웠다. 퇴직까지는 아직 시간이 꽤 남아 있어서 뜬금없어 보였지만 여태껏 일해 온 분야의 기술로는 퇴직 이후에 마땅히 할 만한 걸 찾기가 힘들다는 판단에서다. 사업을 하려니 자금도 모자라고 자신도 없었다. 중장비 운전을 하고 있는 친구에게 물어보니 늦은 나이에 뛰어들어서 생활비를 벌 정도까지는 어렵다는 말을 들었다고 한다. 그렇지만 부부가 용돈으로 쓸 수 있는 소득 정도는 가능하다는 것이었다. 생활비의 일정 부분은 퇴직금으로 충당하고 나머지 돈은 직접 몸을 움직여 벌겠다는 생각이다. 그의 지도에서는 퇴직 이후의 일거리를 찾는 게 가장 중요한 포인트였다.

한 사람은 꿈을 찾아 나섰다. 마흔 중반을 넘긴 나이에 잘 다니던 회사를 그만두더니 하고 싶은 일을 해보겠다고 말했다. 그가 하고 싶은 일은 책을 쓰는 것이었다. 갓 고등학교에 입학한 아이가 하나, 통장에 있는 돈은 간신히 1년을 살 수 있었다. 나이가 더 들기 전에 꿈꾸었던 일을 해보고 싶다고 했다. 계획한 기한은 6개월. 책을 쓰고 시장에 내놓아 6개월 내에 승부를 보겠다던 그는 석 달 만에 재취업을 했다. 생각한 것만큼 글은 써지지 않았고 다달이 들어오던 월급이 끊기니 현실적인 불안감이 몰려왔다. 재취업 자리가 있었던 것만도 다행스런 일이었다. 그가 그린 지도에서 중요한 것은 꿈이었다.

중장비 운전으로 퇴직 이후의 새로운 인생을 찾아보겠다는 계획이 실현 가능할지는 알 수 없는 일이다. 책을 쓰겠다고 뛰쳐나갔던 사람은 실패로 끝이 났다. 한 사람은 미지수의 계획을 가지고 있고, 한 사람은 시도를 해봤지만 실패를 했다. 결과야 어떻든 그들은 자신의 지도를 만들었고 자신이 그린 지도 속으로 뛰어들었다. 지도를 스스로 만들 줄 알았기에 어느 길로 가야 하는지도 알 수 있었다.

같은 10년이라고 해도, 멍하게 사는 10년보다는 확실한 목적을 지니고 생동감 있게 사는 10년 쪽이, 당연한 일이지만 훨씬 바람직하고,

달리는 것은 확실히 그러한 목적을 도와줄 것이라고 나는 생각하고 있다. 주어진 개개인의 한계 속에서 조금이라도 효과적으로 자기를 연소시켜 가는 일, 그것이 달리기의 본질이며, 그것은 또 사는 것의 (그리고 나에게 있어서는 글 쓰는 것의) 메타포이기도 한 것이다. 이와 같은 의견에는 아마도 많은 러너가 찬성해줄 것으로 믿는다.

마흔은 안개 속으로 들어서는 나이다. 학교를 졸업하고 취직을 하고 결혼을 하고 망설임 없이 달리던 발길은 마흔을 넘어서면 흠칫 멈춰 선다. 이제 어디로 달려야 하는지 판단이 혼란스럽다. 그래서 마흔은 길을 잃는 시기다. 그래서 마흔은 의문부호가 꼬리처럼 이어지는 시기다. 이 길이 맞고 의심 없이 달려 왔는데 다시 돌아보니 그렇지 않아 보인다. 직장도 가정도 미래도 안개 속에 가려 제대로 길이 보이지 않는다. 지금껏 이리 가라고 그 길이 아니라고 큰 소리로 말하던 세상은 더 이상 아무 말을 하지 않는다.

편리하고 효율적으로 길을 알려주는 내비게이션은 지정된 경로를 따라 목적지에 도착하면 역할이 끝난다. 세상이 만들어 준 지도는 내비게이션과 같다. 그 내비게이션은 마흔이 넘은 사람에게는 더 이상 역할이 없다. 이제는 스스로 지도를 만들어 가야 한다.

마흔이 넘으면 세상이 가리켜 준 제법 넓고 제법 탄탄한 길은 막다른 길로 변한다. 그 지점에서 세상은 말이 없어진다. 이 길로 가라는 또는 저 길로 가라는 말을 하지 않는다. 세상이 알고 있는 길은 끝나고 있는 것이다. 어떤 길도 안내해 주지 않는 내비게이션, 세상이 손에 쥐어 준 지도를 버려야 할 시점이다. 국도를 좋아하면 국도로, 산길을 좋아하면 산길로, 고속도로를 좋아하면 고속도로로, 자신이 가야 할 길을 찾아가는 자신의 지도를 만들어야 한다.

개개의 기록도, 순위도, 겉모습도, 다른 사람이 어떻게 평가하는가도, 모두가 어디까지나 부차적인 것에 지나지 않는다. 나와 같은 러너에게 중요한 것은 하나하나의 결승점을 내 다리로 확실하게 완주해가는 것이다. 혼신의 힘을 다했다, 참을 수 있는 한 참았다고 나 나름대로 납득하는 것에 있다. 거기에 있는 한 참았다고 나 나름대로 납득하는 것에 있다. 거기에 있는 실패나 기쁨에서, 구체적인 어떠한 사소한 것이라도 좋으니, 되도록 구체적으로 교훈을 배워 나가는 것에 있다. 그리고 시간과 세월을 들여, 그와 같은 레이스를 하나씩 하나씩 쌓아가서 최종적으로 자신 나름으로 충분히 납득하는 그 어딘가의 장소에 도달하는 것이다. 혹은 가령 조금이라도 그것들과 비슷한 장소에 근접하는 것이다(그렇다, 아마도 이쪽이 좀 더 적절한 표현일 것이다). 만약 내 묘비명 같은 것이 있다고 하면, 그리고 그 문구를 내가 선택하는 게 가능하다면, 이렇게 써넣고 싶다.

무라카미 하루키

작가(그리고 러너)

1949~20

적어도 끝까지 걷지는 않았다.

산다는 것은 지치는 일이다. 소나기처럼 쏟아지는 일에 이리 치이고 사람들 틈바구니에서 저리 쫓기다 보면 몸은 쉽게 지친다. 몸이 지치면 마음도 따라서 지치게 마련이다. 안팎으로 시달리다 몸과 마음이 한없이 가라앉는 어느 순간 갑자기 멍해진다. 팽팽했던 긴장의 끈이 툭 끊어지면서 길을 벗어나 절벽으로 밀려나는 느낌이 든다. 도대체 지금 어디에 있는 걸까? 살아가는 시공간의 어느 지점에 서있는 걸까. 제대로 된 길 위에 있기는 한 걸까?

아무 생각 없이 시간이 흐르는 대로 하루 또 하루를 살아가다가 멍한 순간이 온다. 아침이 되면 습관처럼 일어나고, 출근을 하면 하던 대로 일을 하고, 저녁이 되면 술을 마시고, 집에 오면 쓰러지듯 잠을 자고, 주말이 되면 늘 그랬듯이 피곤하다는 핑계로 낮이나 밤이나 잠을 잔다. 월요일 아침이 되면 다시 하나도 다르지 않은 하루하루가 이어진다. 그렇게 살아가다 어느 순간 의문이 든다. 지금이 몇 월 며칠일까? 지금 어디쯤 가고 있는 걸까? 지금 삶의 어느 지점을 지나고 있는 걸까?

몸과 마음이 곤죽이 되어 지금 어느 길 위에서 무엇을 하고 있는지 스스로 궁금해질 때, 습관처럼 하루하루를 살다 지금 어디로 가고 있는지 의문스러워질 때, 길을 알려주는 지도가 있어야 한다. 길위에서 허방다리를 짚어 휘청거리고 사방이 어둠에 싸여 어디쯤에서 있는지 가늠조차 되지 않는 순간에 삶의 지도는 길을 찾아 주고 기운을 차리게 해준다. 그러나 지도가 없는 사람들을 길을 잃어버리고, 길을 잃은 사람들은 자신만의 지도를 만들지 못한다.

마흔에는 새로운 지도를 펼쳐 들어야 한다. 펼쳐 들 지도가 없으면 의문부호만 남긴 채 살던 대로 살아가는 수밖에 없다. 그런 모습이 진정으로 싫다면 자신의 지도를 만들어야 한다. 날마다 하나도 다르지 않은 하루하루에 침잠해 들어가지 말고 미래를 그려야 한다.

한 방은 없다

:

말콤 글래드웰 《아웃라이어》

　인생은 한 방이라고들 한다. 다들 한 방을 말한다. 농담 반 진담 반으로 한 방이면 된다고 말한다. 때로는 끝없이 상승하는 주식을 잡기 바라고 때로는 뜻밖에 굴러 들어오는 눈먼 돈을 바란다. "한 방이면 끝난다"고 말들은 하지만 그 한 방으로 고된 인생이 끝날지 아니면 평온한 인생이 끝날지는 아무도 모른다. 그저 터지기만 바란다. 그 한 방이 언제 터질지는 자기도 모른다. 그래도 한 방을 기다리고 외친다. 이 먹고살기 험한 시대에 인생을 바꿀 것은 한 방밖에 없다는 게 세상의 지론이다. 그래서 모두들 한 방의 마력에 빠져든다. 월급 받아서, 저축해서, 언제 돈을 모으고 언제 편하게 살겠느냐는 것이다. 그런 복잡다단한 과정을 거치지 않고 한 방이면 된다. 한 방의 마력은 거기서 나온다. 힘들이지 않고 간단하게 인생을 바꾼다. 얼마나 매력적인가.

성취 공식은 '재능 더하기 연습'이다. 문제는 심리학자들이 재능 있는 이들의 경력을 관찰하면 할수록 타고난 재능의 역할은 줄어들고 연습이 하는 역할은 커진다는 데 있다.

어떤 사람이 이런 말을 했다. "발을 걸쳐 보려고 애쓰는 어떤 분야에 갔더니 돈이 굴러다니는 게 눈에 보이더라. 힘이 있거나 힘 있는 사람만 업으면 돈 버는 건 일도 아니겠더라. 그 많은 건 중에서 하나면 따내면 떼돈 벌겠더라." 그렇게 굴러다니는 그 돈은, 누구의 눈에나 보이는 그 돈은 누가 가져갔을까? 그곳에는 그곳만의 게임의 법칙이 있을 것이다. 그 돈을 가져오려면 그 판에 뛰어들지 않으면 알 수 없는 대가를 치러야 할 것이다. 눈에 뻔히 보이게 굴러다니는 그 돈을 그 사람은 아직 단 한 푼도 챙기지 못하고 있다. 나름대로 힘 있는 자리를 얻었으면서도 굴러다니는 돈은 여전히 그의 것이 아니다.

주식으로 돈을 짭짤하게 벌던 친구가 있었다. 큰 돈은 아니어도 용돈과 술값은 주식투자를 해서 충당했다. 돈이 벌리니 자신이 생겨서 그랬는지 아니면 돈에 큰 욕심이 나서 그랬는지 작전주에 손을 댔다. 주변의 누군가가 이런 종목이 있는데 언제 어떻게 작전이 걸린다고 하니 같이 투자를 하자는 말에 혹했다. 주식을 사려고 집에서도 모르게 대출을 받았다. 적은 액수가 아니었다. 대출받은 돈으로 작전이 걸린다는 종목을 샀다. 소위 말하는 '몰빵'이었다. 친구 말에 의하면 처음에는 좋았단다. 들은 이야기 그대로 주가는 올라갔다. 적지 않은 수익을 올렸지만 팔지 않았다. 작전 세력이 목표로 하는 주가는 아직 멀리 있었다. 더 있으면 주가는 조금 내릴 것이고 그러다 다시 주가가 오르면서 최고점을 찍으면 작전은 끝이 나는 것이다. 정해진, 아니 들었던 시나리오대로 따라가기만 하면 큰 돈이 수중에 들어올 판이었다.

이런 이야기를 들은 것은 친구의 조그만 다세대주택에서였다. 아파트에 살던 친구는 아파트를 팔고 다세대주택으로 이사를 와 있었다. 작전주 투자는 돈을 벌어 주지 않았다. 한참을 오르던 주가는 들은 이야기처럼 조금 내렸다. 내렸던 주가는 예상대로 다시 올라가기 시작했다. 이제 주가는 불붙듯 뛸 것이고 적당한 시점에 팔면 되는 것이다. 그러나 주가는 오르지 않고 슬금슬금 내리기 시작했다. 다시 오르겠거니 하고 지켜봤지만 주가는 점점 미끄러졌다. 주식을 산 가격의 10분의 1 수준에서 주가는 접착제로 붙인 듯 움직이지 않았다. 대출은 그대로 남아 있고 주가는 바닥이었다. 두 배로 손해를 본 셈이었다. 대출상환 기한이 되었지만 갚을 돈은 없었다. 집에 사실대로 말하고 살고 있던 아파트를 팔았다. 그 이야기를 하면서도 친구는 그렇게 말했다. "한 방 터질 뻔했는데……."

에릭손의 연구에서 무릎을 치게 되는 부분은 그들이 '타고난 천재', 즉 다른 사람이 시간을 쪼개 연습하고 있을 때 노력하지 않고 정상에 올라간 연주자를 발견하지 못했다는 점이다. 더불어 그들은 '미완의 대기', 다시 말해 어느 누구보다 열심히 노력하지만 정상의 자리에 오르기엔 뭔가가 부족한 사람도 발견하지 못했다. 이들의 연구결과는 어느 연주자가 최고 수준의 음악학교에 들어갈 만큼 재능이 있다면, 실력 차이는 그가 얼마나 열심히 노력하느냐에 달려 있다는 것을 보여준다. 그게 전부다. 덧붙이자면 최고 중의 최고는 그냥 열심히 하는 게 아니라 훨씬, 훨씬 더 열심히 한다. 복잡한 업무를 수행하는 데 필요한 탁월성을 얻으려면, 최소한의 연습량을 확보하는 것이 결정적이라는 사실은 수많은 연구를 통해 거듭 확인되고 있다. 사실 연구자들은 진정한 전문가가 되기 위해 필요한 '매직넘버'에 수긍하고 있다. 그것은 바로 1만 시간이다.

'한 방'을 원하는 것은 삶을 바꾸고 싶어서이다. 결국 돈으로 귀착이 되기는 하지만 인생을 바꾸고 싶다는 욕망의 분출이다. 인생을 바꾸고는 싶은데 그게 쉽지 않으니 한 방을 바란다. 인생을 바꾸는 가장 쉬운 방법은 돈이다. 많은 돈을 벌면 인생이 바뀐다고 생각한다. 실제 그렇기도 하다. 돈이 아니라면 자신의 일에서 또는 자신만의 분야에서 남들이 따라오기 힘든 자리를 일구는 것이다. 전문가가 된다는 것은 자신의 일정한 위치와 사회적 입지를 만드는 것과 같다. 그런 자리에 오르는 것도 인생을 바꾸는 방법 중 하나다. 흔들리지 않는 자신만의 성을 갖게 된다. 그런 자리에 오르려면 그만한 시간과 노력과 땀이라는 대가가 있어야 한다. 거저 얻어지지 않는다. 돈이든 자신의 입지든 한 방에 되는 것은 없다. 세상에 한 방은 없다.

자기 또래의 누군가가, 자기가 아는 누군가가 어떤 자리에 오르거나 어떤 유명세를 타면 먼저 튀어나오는 게 시샘이다. 대단하지는 않아도 자신이 내지 못한 성과물을 만들어 내면 축하의 말보다는 입이 먼저 튀어나온다. 별것도 아닌 걸로 유세를 떤다는 등, 재수가 좋았다는 등, 나도 저 정도는 할 수 있다는 등의 소리를 한다.

남의 현재를 시샘하지 말아야 한다. 부러워하는 것은 좋지만 욕하거나 헐뜯지는 말아야 한다. 그 사람이 그만한 자리에 갈 수 있었던 것은 그만의 노력이 있었기 때문이다. 그가 들인 시간과 노력과 땀을 먼저 보아야지 자신의 쓰린 속을 먼저 달래려고 하면 안 된다. 시샘을 하는 사람들이 먼저 떠올리는 것이 '한 방'이다. 순식간에 그만큼 따라 잡을 수 있는 방법을 찾는다. 그래서 한 방이 필요하게 된다. 보란 듯이 보여 주고 싶어서이다. 그러나 '한 방'의 결과는 대부분 쓰다. '한 방' 기다리다가 한 평생을 그냥 흘려보내기 십상이다.

또한 그는 자신의 아이디어를 실현하려면 몇 년간 허리가 부서져라

일해야 한다는 것도 알고 있었다. 하지만 그 고된 노동으로 점철된 세월이 그에게는 짐으로 다가오지 않았고 도리어 환희를 느꼈다. 레이크사이드에서 처음으로 키보드 앞에 앉았던 날 빌 게이츠가 느낀 것도 바로 그런 것이었다. 비틀스 또한 매일 밤 여덟 시간에 일주일 내내 연주해야 한다는 말을 들었을 때 엉덩이를 빼지 않았다. 그들은 기회를 향해 뛰어들었다. 일에 의미가 없고 가치가 없을 때, 힘든 일은 감옥 같은 일이 되어 버린다. 그러나 가치가 있으면 그 일을 찾아낸 사람은 오히려 아내의 허리를 붙잡고 지그를 추게 된다.

그냥 저절로 아름답게 피어나는 꽃은 없다. 산기슭에 흔하게 있는 꽃도 바람에 흔들리고 폭우를 견뎌야 가녀린 꽃 한 송이를 피워낸다. 견딤의 시간이 있었기에 꽃을 피워 낼 수 있는 것이다. 남이 피워 낸 꽃에 흠집을 내려 하는 것은 내어놓을 만한 자신만의 꽃이 없기 때문이다.

남의 현재를 시샘하는 사람은 남이 이뤄낸 결과만 볼 뿐 자기 자신은 볼 줄 모르는 사람이다. 남이 투여한 시간과 노력의 결실임을 인정하고 싶어 하지 않는다. 반면에 자신이 그동안에 무엇을 했는지는 전혀 생각하지 않는다. 도전도 하지 않고 땀도 흘리지 않았던 자신의 시간은 어떻게 흘러갔는지 생각하지 못한다. 먼저 떠올려야 할 것은 이것이다. 나는 무엇을 했나.

'1만 시간의 법칙'은 어느 분야의 전문가가 되려면 1만 시간은 투자해야 한다고 말한다. 10년 동안 매일 3시간을 모아야 1만 시간이 된다. 무언가를 이루고 싶다면 무언가를 내놓고 싶다면 그 정도의 노고를 들여야 한다. 1만 시간은 고사하고 1000시간조차 들이지 않으면서 남이 피워 낸 꽃을 비웃고 시샘하지 말아야 한다.

나이를 먹고 시간이 갈수록 마음은 초조해진다. 아무것도 이룬 것 없이 시간이 지나간다는 생각이 짓누른다. 조급해질 수밖에 없다. 그러나 아무리 조급해져도 '한 방'으로 순식간에 바뀌는 인생은 없다. 큰 돈을 벌어 주는 작전주가, 내 눈에 보일 정도로 굴러다니는 돈이, 그런 것들이 정말 자기의 손에 들어올 정도면 아마 남들은 재벌이 되어 있을지 모른다. 사는 게 그렇게 쉽다면 누가 피곤한 삶을 살겠는가. 세상이 호락호락하지 않음은 이미 알고 있으면서도 손쉬운 방법에 현혹되는 게 사람이기는 하다. 그러나 '한 방'은 없다.

자신의 1만 시간을 준비하고 투자해야 한다. 한 방을 노리는 시간을 쌓지 말고 1분씩이라도 모아서 1만 시간을 쌓아야 한다. 이제 무얼, 이 나이에 무얼, 하는 순간에 1만 시간에 들일 시간이 1시간은 벌써 지나갔다. 그런 시간을 모으면 1만 시간은 가능하다. 1만 시간이 안 되면 5000시간이라도 모인다. 이리 살아도 저리 살아도 시간은 간다. 그렇게 지나가는 시간을 모아서 1만 시간을 만들면 삶이 바뀌는 단초가 된다. 고통 없이 피는 꽃은 없다. 한 방은 없다.

　알랜 B. 치넨의 책《인생으로의 두 번째 여행》에서 중년의 남자
는 당나귀로 표현된다. 책에 인용된 '인생의 시간 동안에'라는 이
야기에 의하면 신은 세상을 창조한 후 모든 짐승들이 30년씩 살도
록 한다. 하지만 힘든 짐을 나르는 당나귀는 그 대가로 조금 더 오
래 살게 해달라고 청한다. 신은 당나귀에게 18년을 더 살게 허락한
다. 개는 늙는 게 두려워 몇 년을 덜 살게 해달라고 한다. 원숭이도
더 빨리 죽는 걸 청했고, 신은 10년을 줄여 준다. 마지막으로 나타
난 사람은 30년이 너무 짧다고 투덜댄다. 신은 당나귀에게서 18년
을 빼앗아 주지만 사람은 여전히 만족하지 못한다. 신은 개와 원숭
이에게서 뺏은 나이도 사람에게 준다.

그래서 인간은 첫 30년은 건강하고 행복하다. 그 30년은 본래부터 주어진 인생이기 때문이다. 30년이 지나고 나면 인간은 당나귀에게서 뺏어 온 18년을 산다. 그 18년은 당나귀처럼 무거운 짐을 지고 다니며 채찍을 맞는다. 개의 나이를 뺏어 온 그다음의 시간은 따뜻한 불 곁에 앉아 으르렁거리기만 한다. 마지막의 시간은 원숭이에게서 받은 시간이기 때문에 제멋대로 행동을 한다.

나이든 남자는 당나귀의 삶을 살아가는 중이다. 항상 힘든 짐을 지고 다니며 일을 제대로 못할 때는 채찍질을 당한다. 원했든 원하지 않았든 주어진 운명을 벗어던질 수 있는 방법은 그리 많지 않다. 예전의 당나귀는 짐만 짊어지고 가면 되었지만 세월 따라 당나귀의 할 일도 많이 변했다. 요즘의 당나귀는 설거지도 해야 하고 청소도 해야 하고 빨래도 해야 한다. 설거지를 하면 그릇에서 윤기가 돌고 청소를 하면 방바닥에 비친 얼굴을 보면서 아내가 화장을 한다. 부단한 반복 훈련의 결과다. 시몬 드 보부아르는 '여자는 태어나는 게 아니라 만들어진다'고 했지만 그 이론은 20세기까지만 유효하다. 21세기에는 여자가 아니라 남자가 만들어진다. 남자는 이제 태어나지 않는다. 결혼 후에 그리고 나이 든 후에 만들어진다.

"아빠는 꿈이 뭐야?" 초등학교 저학년 때 딸아이는 느닷없이 이런 질문을 하곤 했다. 뭔가 그럴 듯한 대답을 해야겠는데 마땅한 답을 찾기가 어려웠다. 못 들은 척 넘어가려 해도 아이의 정말 궁금한

듯한 표정과 초롱초롱한 눈망울 때문에 그냥 넘어가기가 쉽지 않았다. 그래도 그저 실없는 웃음으로 넘기곤 했다. 아이는 특별한 답을 원하지 않았는지 모른다. 궁금해하는 눈치도 아니었다. 그러나 아이가 불쑥 내던졌던 질문은 언제부턴가 가슴속에서 되돌아 나왔다. 아이는 궁금해하지 않았지만 나는 궁금해 졌다. "내 꿈이 뭐지?"

나이든 남자는 꿈을 꾸지 않는다. 꿈이 없기 때문이다. 당나귀에게 꿈이 있을 리 없다. 그저 돈을 벌고 밥을 먹는다. 무엇을 위해 돈을 버는지도 잘 모르면서 열심히 돈을 번다.

돈은 달콤하다. 모든 것을 바쳐도 좋을 만큼 달콤하다. 돈은 자유이고 풍요이고 힘이다. 세상을 유혹하는 치명적인 달콤함, 그 단맛에 빠져 돈을 사모했다. 그러나 사랑은 이루어지지 않았다. 돈을 버는 재주라고는 월급 받는 재주밖에 없었다. 남들보다 잘 살거나 남들만큼 살아 보겠다는 원대한 포부는 진즉에 접었다. 꿈도 욕망도 접어 버렸다. 모든 것이 사라진 자리에 꿋꿋하게 버티고 있는 것은 밥벌이였다. 역시 밥벌이는 위대했다. 삶은 인정사정없이 밥벌이에 끌려다녔다. 수명을 깎아서 돈을 버는 것 같았다. 그렇게 시간이 가고 있었다. 그렇게 인생이 지나가고 있었다.

정년까지 직장을 다니는 게 꿈이라고들 하지만 그게 길몽인지 악몽인지는 아무도 모를 일이다. 밥벌이만 하다가 시들어 가기에는 세상이 너무 황홀해 보였다. 꿈도 욕망도 없이 살아가기에는 남아 있는 시간이 너무 길어 보였다. 삶은 끝나지 않았고, 살아야 하고,

살아가야 했다. 남은 시간들에 의해서 살아지는 게 아니라 살아가야 했다. 당나귀의 삶이지만 한 번이라도 생각대로 살아 보고 싶었다. 꼭 한 번이라도 행복해지고 싶었다. 스스로를 위한 즐거운 게임을 하고 싶었다.

잠든 아이의 얼굴을 바라보고 있노라면 아빠도 꿈이 있었느냐는 질문이 떠오른다. 부쩍 자란 아이는 이미 그런 질문을 까맣게 잊었으리라. 그러나 아빠는 이제 대답을 할 수 있을 것 같다. 다시 한번 물어보렴, 아빠의 꿈이 뭐냐고. 아빠는 꿈을 꾼단다. 다시 꿈을 찾고 있단다.

책이 세상에 나오기까지 많은 분들의 도움을 받았다. 멀리서 또는 가까이서 함께 걸어 준 사람들이 있어서 작은 도전이 가능했다. 책이 발간되는 시점까지 지켜봐 주신 구본형 선생님에게 감사드린다. 음으로 양으로 많은 것을 가르쳐 주셨다. 마뜩치 않았을 원고를 책으로 만들어 준 바다출판사에도 고마움을 전한다. 원고를 쓰는 동안 묵묵히 응원해 준 아내와 자판을 투덕거리고 있노라면 책을 들고 와 조용히 옆에서 읽던 딸 하연에게도 고맙다는 말을 빼놓을 수 없겠다. 무엇보다 책을 읽어준 독자들에게 감사드린다.

마흔 살의 책읽기

초판 1쇄 발행 | 2011년 3월 2일
개정판 1쇄 발행 | 2016년 2월 22일

지 은 이　유인창
책임편집　정일웅
디 자 인　최선영·장혜림

펴 낸 곳　바다출판사
발 행 인　김인호
주　　소　서울시 마포구 어울마당로5길 17(서교동, 5층)
전　　화　322-3885(편집), 322-3575(마케팅부)
팩　　스　322-3858
E-mail　badabooks@hanmail.net
홈페이지　www.badabooks.co.kr
출판등록일　1996년 5월 8일
등록번호　제 10-1288호

ISBN 978-89-5561-818-1 03810